臺妖異談
妖約無期
Walker 沃克／著
Mr.marker 麥克筆先生／繪

目錄

01 七足壁蟹

一般來說，每個人都有一兩樣特別害怕的東西，像是有人怕狗、怕蟑螂，或是怕貓、怕老鼠。我個人是沒有特別怕什麼，通常家裡出現蟑螂或老鼠之類的東西也是我出手解決。

但是在上了大學之後，我害怕的東西就多了一樣——蜘蛛。

高中畢業後我考上了外地的大學，跟每位菜味濃厚的新生一樣，我住進了學校的宿舍。那時對室友這個存在可以說是既期待又怕受傷害，畢竟常常在網路上看見抱怨雷室友的文章，平常笑一笑紓壓一下，輪到自己身上的時候就很緊張，如果真的是超級大雷怎麼辦？幸好，我們一室四人都是正常人，至少是可以溝通講理的，但不代表他們不奇怪。

這次先來說說其中一位室友的故事，暫且叫他阿標，因為他的興趣是做標本，尤其是昆蟲標本。一般人熱衷興趣很正常，喜歡跳舞的可能跳到三更半夜；喜歡拍照的可能到處都帶著相機，但是阿標他的狂熱程度真的異於常人。

有一次跟他去學校球場打球，球場四周種著一些樹木，而且都是高齡老樹，樹蔭大到可以遮掉一座半場，打完球的人都會在旁邊乘涼。就在我們球打到一半的時候阿標突然就跑掉，等我們滿頭問號的追上去，卻發現他正蹲在樹下很寶貴的捧著一隻金龜子，球也不打了直接回去做標本。

上次吃冰的時候也是，我們吃到一半突然一隻蛾飛了進來，鄰桌的女生立刻尖叫逃跑，我們這桌雖然是四個肥宅，但一隻蛾飛過來還是閃了一下，結果阿標一個手起刀落，那隻蛾就被他緊緊的抓在手上，想當然冰也不吃了直接跑回宿舍，而我則是多賺了半碗冰。

也因為這樣，他桌上有一整套做標本的設備，大頭針、防潮箱，甚至還有小烤箱，明明就是資工系的卻搞得比昆蟲系還專業；我們有時候都虧他什麼時候要轉系，他都回說這是做興趣的很難當飯吃，不如去賣肝。

除去這項比較特別的興趣，他人挺好相處的，跟他凹筆記都會借，拿到考古題也會分享，買鹹酥雞回來還可以蹭兩口。

有天他突然很興奮的說有個標本一定要我們看，這也不是第一次了，上次他抓到一隻翅膀特別大的蝴蝶也這樣，所以我們就意思意思湊過去看一下。

那是一隻黑色的蜘蛛，頂多就五十元硬幣大小，他的殼還閃著紅色的光澤，第一眼看下去還挺帥的，但不知為何我心中總有些不踏實。

阿標讓我們數一數牠的腳有幾隻，我那時就想，這也太看不起我了吧？蜘蛛八隻腳這件事我也是知道的，不過我一數就發現，這隻蜘蛛只有七隻腳。

原本想是不是因為什麼意外少了一隻腳，或是阿標在做標本的時候手滑了，但是他說都不是，他還問過做標本時認識的昆蟲系教授，這隻蜘蛛是天生就七隻腳，可能是基因突變或是新品種，不管是哪種都值得好好研究，教授還讓他改天拿過去研究室。

我們當下也沒多在意，一樣虧他說要不要轉系、要不要直接簽博之類的，不過從那天晚上之後，阿標開始說夢話了。

我們寢室是那種傳統的上下鋪，當初猜拳的時候我贏了，所以選到了下鋪，而阿標就睡在我上鋪。他平常是那種不打呼的人，最近卻突然說起了夢話，雖然一開始我聽不清楚只有一些呢喃聲，不過我也沒想太多，翻個身就繼續睡了。

隨著日子一天天過去，他說夢話的頻率和音量卻越來越多和大，雖然早上起來我會去跟他抱怨一下，不過我們都知道這是不可抗因素，說說就算了，但他的黑眼圈卻越來越重，我們一開始還起鬨的問他是不是屁太多。

有一天晚上我被他吵得睡不著，好奇的爬上了梯子看看他，結果就看到他雙眉緊皺，一臉痛苦的不斷翻著身子，嘴裡不斷唸著「走開」之類的話，一看就知道是在做惡夢。

我還在猶豫要不要叫醒他的時候，他突然坐起了身子雙眼無神的盯著我。當下雖然有點嚇到，因為他那副表情真的很恐怖，冷冰冰的，好像一點感情都沒有，但我以為是我吵醒他了，說聲抱歉後就爬下梯子。

就在我坐回床上的時候，阿標卻突然從上鋪跳了下來，不是梯子沒踩好跌下來那種，是真的直接跳下來，而且還是頭部著地，血就從他的頭頂流了一大片出來。他跳下來時發出了巨大的聲響，其他兩人立刻驚醒，我急忙讓他們打電話叫救護車，然後把阿標從地上扶起來，隨手拿了一件衣服把他受傷的部位按住止血，我也不知道有沒有用，當下是真的慌了。

後來我問他為什麼突然跳下來，他說他只記得自己好像作夢去游泳，爬上了跳水台要跳水。

幸好傷勢沒有傷到腦部，縫了幾針後就出院了，不過為了以防萬一，我主動跟他交換上下鋪，天知道他哪天會不會又跳下來。

原本以為這樣之後就沒事了，但就在出院三天後的晚上，我正在上鋪睡覺時突然聞到一股燒焦的味道，我立刻從床上坐起，想說是不是哪裡失火，但除了細微的「噗滋噗滋」聲外，我沒聽到任何廣播或是警鈴聲，不過聞到了濃厚的燒焦味，我開始害怕是不是我們的電線走火之類的，趕緊爬下床查看。

爬下床就看到一個人影坐在桌前，我那時心中一抖有些害怕，也不管其他人是不是還在睡覺，立刻就把房間的燈打開，不開還好，一開我就嚇到了。

阿標把自己的左手掌放在烤箱裡，烤箱的深度不足以讓他把整隻手塞進去，漏出來的半截正被他用右手不斷把大頭針刺進去。

我當下立刻大喊：「阿標你在幹嘛！」他卻沒有回應我，繼續拿著大頭針刺自己的手，刺到上頭幾乎沒有地方可以刺了。

當時真的不知道怎麼辦，但我也不能讓他繼續傷害自己，所以我一拳往他的臉揍了下去。對，就是一拳往他的臉揍，而且我很用力地揍，再重申一次，我真的不知道怎麼辦，當下只想讓他離開桌子。

可能是我天生神力，他吃了我一拳後竟然就倒地不起，其他兩人起床看到這情況完全無法理解，總之我們先叫了救護車，急診室的醫生也很驚訝怎麼又是我們。

在病床上我問阿標到底是怎麼了，他說只記得自己在做標本，完全沒意識到戳的是自己的手。我思考了一會後，決定打電話給我堂哥，他是廟裡的廟公，我跟他說了狀況，他說要請示一下晚點再打給我。

過沒多久堂哥打回來了，讓我把手機拿給阿標，阿標接起電話，表情從疑惑到驚訝，再從驚訝到嚴肅，最後說謝謝就掛斷了。

阿標出院後請我們把他房裡的標本全部搬到宿舍外頭，接著他不知道從哪裡拿來了一個金爐和一堆金紙跟香，對著標本們拜祭了起來。最後他拿起了那隻只有七隻腳的蜘蛛標本，恭敬的把牠放進了金爐內，和燒完的灰一起埋在了樹下。

說來奇怪，在這之後阿標再也沒做過惡夢，他也不做標本了，每逢初一十五便在自己的標本收藏前放一些水果，我們也樂見其成，因為那些水果最後都是我們吃掉的。

「壁蟹八足，七足為妖，腳踏七星，作祟於人，陷人於幻夢。」——《臺妖異談》

02 瑯嬌靈貓

大家都說，每個人一定都有一個原住民朋友，如果沒有那可能還沒認識，我也是直到大學才認識到我第一個原住民朋友，這裡我們暫時叫他大鳥，因為他說他的偶像是NBA傳奇球員大鳥Larry Bird。

大鳥跟我同屆，我們是打球認識的，他很愛打籃球，如果他不是在打球就是在打球的路上，理所當然的，他加入了系上的籃球隊。值得一提的是，大鳥長的很帥，帥到我都懷疑這種人跟我怎麼會是朋友，立體的五官，古銅色的肌膚，要形容的話就像是比較黑的彭于晏。每當他進球的時候都有場邊的女生為他尖叫，不僅得了分數，還使對手的心靈造成了巨大的傷害。

大鳥是個不折不扣的原住民，從小在山上長大，會講自己的母語，曾經看著樹上的松鼠低聲說道很好吃之類的話，但是他講話不會接「的啦」，讓我很是失望。

他是個好人，有時候我跟他開些原住民玩笑，像是一分耕耘，三點五分收穫這類的笑話，他也不會生氣，只會笑笑的虧我說，就是講這種笑話才交不到女朋友；讓我不禁想到底哪邊的笑話造成的傷害比較大，所以後來也不跟他開這種玩笑了，果然人還是不能互相傷害。

大二的時候班上的同學差不多都熟絡，小圈圈也形成了，春假期間各團體常常揪出去玩。這時候大鳥突然問我們要不要一起回他家，父母也很希望他帶朋友們回去玩。

那時不知道哪根筋不對，可能是抱持著上了大學也要瘋狂一次的想法，竟然就答應了，於是我們整理行李跟著大鳥回他家。

大鳥家很遠，我們至少坐了半天的火車，幸好是大家一塊出遊，路上不至於無聊。到了車站是大鳥的爸爸來接我們，當我們見到他爸爸的時候，我們總算知道為什麼大鳥那麼帥了，基因真的很恐怖；接著又是一個小時以上的車程，難怪每次周末大鳥都不回家，真的很遠。

路上的風景從都市風格漸漸變成鄉村風格，空氣也聞起來不太一樣，多了一股草味。

大鳥家是五層樓的獨棟透天厝，我還蠻驚訝的，一開始還以為會是小木屋。

我們一走進大鳥家裡，一隻貓便興奮的奔進大鳥懷中，那貓長的很奇特，棕黃色的毛皮上有著黑色的點點斑紋，很像玳瑁又不太一樣，尾巴短短的，大概跟人的食指差不多長。最吸引人目光的是牠的眼睛，一眼晶藍，一眼碧綠，是所謂的雙色陰陽眼，看起來很夢幻，我當下相機拿起來就是一陣瘋狂連拍。

大鳥說牠叫珍奶，因為毛的顏色很像，是他們家的護家貓，從奶貓就開始養了，從此之後他們家再也沒出現過老鼠。

大鳥又帶我們見過他的媽媽和爺爺奶奶，我真沒想到哪個家族的人可以都長得那麼好看，分一點給我該多好。

晚上大鳥他們家準備了烤肉，烤到一半的時候大鳥爸爸突然消失，過了一會後又出現，還叫大鳥出來外面幫忙，我一時好奇跟了過去，只見門口的貨車上躺著一頭山豬和幾隻兔子。大鳥爸爸說知道我們要來，早上特別去設了幾個陷阱，他去巡陷阱的時候，除了兔子外剛好看到一頭山豬在那邊晃，就直接打回來了。

大鳥爸爸笑的十分爽朗，讓我不知道他是說真的還是在跟我開玩笑，總之我們美味的享用了那頭山豬，真的很好吃。飯後大鳥讓我們今晚早點睡，明天上山，他也笑得很爽朗，又讓我不知道是說真的還是開玩笑。

隔天一大早，天都還沒亮我們就被大鳥挖起來，穿上他不知道從哪找來的防寒外套，背了點簡單的行李就上山了。

山上凜冽的空氣讓我睡意全消，抬頭甚至還看到一點星星，大鳥說要帶我們去他小時候常玩的河邊露營，只要走一下就到了；意外的是出發的時候珍奶也跟了上來，大鳥說他父母怕出事所以讓牠跟上來，我那時覺得有點扯，一隻貓是能幹嘛？

以前在網路上看過一篇文章，是關於一個人被原住民朋友帶去採竹筍的故事，他的原住民朋友一開始說很近很近，走一會就到，最後卻翻了兩座山。我只能說人類真的不會從歷史中學會任何教訓，出發時大鳥跟我們說走一下就到，結果一個小時過去了，我們還在走。

隨著路程拉長我們的體力逐漸不支，雖然中間有休息，但以一個肥宅來說，連爬一個小時的山根本是酷刑。慢慢的，我的位置就從隊伍的中間掉到了隊伍的最後，走著走著我真的累到受不了，看到路邊的樹下有一顆石頭，那石頭的高度和形狀彷彿都在跟我說著快來坐我，我一時忍不住就坐上去，大喊一聲我休息一會兒，靠在那完美的弧度喘息，舒服到我覺得這石頭根本可以拿去 IKEA 賣。

當我休息得差不多的時候，才發現他們人都不見了，當下有點慌，趕緊大喊他們的名字，但是都沒有回應。我思考了一會後決定先往上走，幸虧一路上都還有人走過的痕跡，所以也不算迷失方向。

我那時一邊走一邊大喊著大鳥他們的名字，喊著喊著突然有一道聲音回應我，雖然聽不太清楚，但是有回應讓我太開心了，下意識的就往那方向走了過去。

隨著離聲音越來越近，我聽得出來對方是在喊我的名字，所以也開心地回應他，腳下步伐越來越快。接著我就看到了大鳥站在路上看著我，奇怪的是，只有他一個人。

我問他大家呢？他說他們都已經到了，他特地回來帶我的，我當下不疑有他跟了上去；但隨著我們越走越遠，路就變得越來越難走，感覺根本不像是人走的路，不僅崎嶇不平，兩旁的樹也越來越茂密，甚至都打到我的臉上，腳也不斷被刮到。

越想越奇怪我便問大鳥是不是走錯了，他說沒走錯，讓我趕快跟上，就快到了。不知為何，這時一股奇怪的感覺湧上我的心頭，我停下腳步跟大鳥說我不太舒服想先下山回去，結果他回過頭來面無表情的看著我，原本爽朗的笑容消失無蹤。

他不發一語走向我，我下意識的後退卻依舊被他強硬的抓住手腕向前拖，嘴裡還念叨著：「不能只有我」、「大家都要一起」這類的話。

我的直覺告訴我眼前這人絕對不是大鳥，至少不是我認識的大鳥，我死命地想掙脫，他的手卻像鐵鉗一樣緊緊的扣住我的手腕，真的很痛。

走到一半的時候，我不知道絆到什麼直接摔在地上，疑似大鳥的人也沒有回頭，就這樣把我在地上拖行著繼續前進，嘴裡不斷唸著：「就快到了」、「就快到了」。我當下立刻放聲呼救，但我的聲音似乎沒有傳到任何人耳中，消散在森林間，我感到十分害怕，完全不知道自己會發生什麼事。

直到我聽到了一聲喵。

那是一道帶著威嚇的貓叫聲，聲音尖銳且悠長，假大鳥聽到後明顯臉色有異，停下了腳步；接著一道黑影衝向了假大鳥，他大叫一聲後鬆開了手，神情痛苦的摀著手腕，汩汩鮮血從指縫流了出來。

我定睛一看，珍奶正站在我身前護著我，露出尖牙，全身炸毛的瞪著假大鳥，後者看上去十分害怕卻又不捨地看著我。

珍奶又是一聲凶狠的貓叫，假大鳥最後說了一句：「明明就只差一點。」便消散在空氣之中，此時我才看到他身後竟然是一座懸崖，那深度一看就知道必死無疑，我不禁一想，如果剛剛珍奶沒出現，我會不會已經被假大鳥拖下去了？

見到假大鳥消失，珍奶收起了尖牙跑到了我身邊，警戒的看著周遭，過沒多久應該是真的大鳥一臉焦急的出現了。

後來我才聽他說，當他們一回頭我就消失了，他們已經找了我半天，這時我才發現，不知道什麼時候太陽已經掛在天上，我們出發時天還沒亮，現在卻都已經中午了。

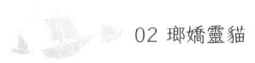

最後我們也沒有去河邊，東西收一收便下山了。回去的時候我全程都抱著珍奶不敢放手，下山後立刻去附近的便利商店買了一堆罐罐，擺了桌滿漢全席供在珍奶面前，再怎麼說也是救命恩貓，怠慢不得。

大鳥對於我的遭遇很是愧疚，我跟他說沒關係，反正人沒事，這也不是他的錯，回去幫我介紹女朋友就可以了；他回我說可不可以改請麥當勞，他還是會內疚，我到現在還是不知道他是對我內疚還是對女生內疚。

回到大學後不久大鳥跟我說，在那之後他爸爸和村里的幾個人上山巡察時，在那座懸崖下面發現了一具屍體，因為位置太隱密所以一直都沒有人發現，嚇得我趕緊拿起手機裡珍奶的照片多看幾眼壓壓驚。

之後只要大鳥回家，我都會買一袋貓罐罐給他，讓他記得拿給珍奶，我還叮嚀說不要偷吃，我依稀記得他那時用看白癡的眼神看著我。

「番社有貓，雌雄眼，麒麟尾，虎斑色，大小一如常貓，惟長叫一聲，二十里之外，鼠皆遯去。」——清・翟灝《臺陽筆記・閩海聞見錄》

「臺灣有地曰瑯嶠，瑯嶠有貓性情靈，長嘯震百里，妖鬼無膽近，雙眼視陰陽，安宅護眾人。」——《臺妖異談》

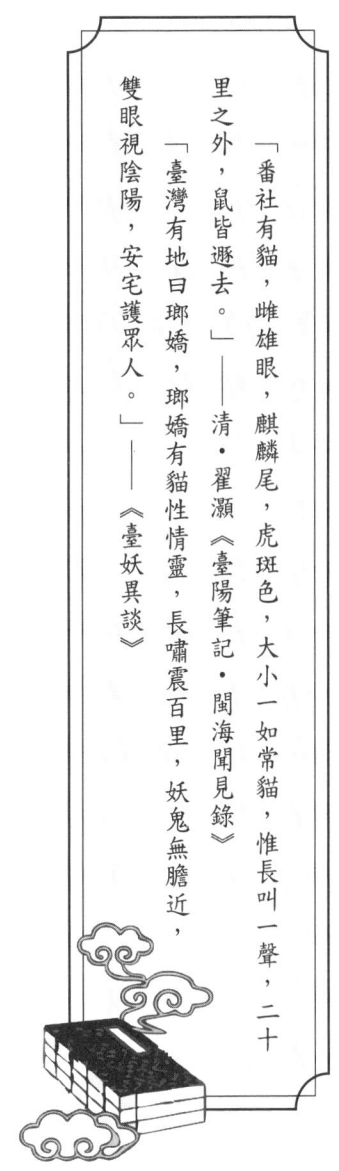

03 白馬幻影

臺灣人其實蠻愛賭博的，上至總統大選誰贏多少票，下至路邊攤骰子比大小賭香腸，就連電視也不斷重播賭博系列的港片。

剛好我曾經有一位朋友非常愛賭，我們暫稱他為賭神，並不是說他可以空手變出一張三或是用耳朵聽出骰盅裡面有幾個六；相反的，他的賭運非常差，我人生第一次看到有人打麻將可以從東風圈一路放槍放到北風尾，唯一胡的那一次還是詐胡。

賭神是我的大一室友，那時是入住的第一天，我們寢室的人還不熟，所以都在各自做自己的事，玩電腦的玩電腦，做標本的做標本，而賭神就是那麼的出眾，二話不說地從背包拿出一副撲克牌說要玩大老二，還是要打錢的，據他所說這樣才有緊張感。

那時我們沒想太多，就當作破冰活動，跟他說不要打太大後就陪他玩了起來，一打起來我立刻就驚呆了。在高中的時候我也常打大老二，但只要跟賭神打牌我的牌就有如鬼神附體，順子鐵支葫蘆直接一套combo打到底，不只是我，其他兩人也差不多是這種情況；而賭神的牌，順子一定少中間，葫蘆一定少三條，要不散牌要不一對，更別說從來沒上手過的二，爛到我們都覺得他到底哪來的自信說要打錢？

雖然賭神賭運特差，但他真的很愛賭，我問過他這樣一直輸開心嗎？他用豁達的臉看著我說，重點不在結果，而是要享受這個過程。他一邊說一邊拿起他從附近麵包店要來的土司邊啃了起來，看他這樣真的很可憐，所以我有時會請他吃個晚餐，雖然錢都是從他那贏來的。

有人會想說既然賭神賭運差成這樣，那如果把他當明燈來用，他買大我就買小，他買A隊贏我就買B隊，這樣不就能財富自由了嗎？

機智如我當然想到了，通常大一的迎新營隊都有賭場這個活動項目，就是讓小隊員拿著假錢去賭博，圖個開心而已。熟知賭神特性的我自然想到拿他當反指標，就帶著他去玩骰子比大小，他押什麼我就反著押，結果那一天莊家連骰了二十五個豹子，全員通殺；那場面可謂血流成河，無一倖免，成為了我們那屆營隊的傳說。

有一天，大概是期中考之前，我們意思意思的拿著書正在翻閱，讀著讀著，書沒念進去多少肚子倒是餓了，於是我們猜拳決定誰要出去買鹽酥雞當宵夜，想當然賭神不負眾望的出門了。

但是過了大概半小時賭神卻還沒回來，那間鹽酥雞店就在宿舍旁邊而已，來回不用三分鐘，讓我有點擔心他是不是出事了，正要打給他的時候他卻剛好回來，不過表情有點恍然。我問他發生什麼事，他搖搖頭說沒什麼只是有點累了，因為鹽酥雞實在太香了所以我也沒追問，先填飽肚子比較重要。

大概兩天後賭神說要考前放鬆，就揪了我們幾個人打麻將，這種穩賺不賠的事我們當然是同意的。

當天晚上我們桌子都擺好了，賭神卻姍姍來遲，而他不知道是吃錯了什麼藥，披著一件黑色大衣，用手機放著那首經典的「燈愣燈！燈楞燈～～」賭神進場配樂，同時慢動作走了進來，我們看著他花了三十秒走到位子坐下後，他還拿出一塊巧克力吃了起來，不過他預算有限吃的是七七乳加。

我們用看神經病的眼神看著他，問他是不是撞到頭，他說今天的他已經不是以前的他，他有預感今天一定能贏，這身裝扮代表著他的決心。雖然這身裝扮是第一次見，賭神這些話卻不是第一次說，所以我們也沒放在心上。

離奇的是，那天打下來賭神竟然贏錢了，而且還是大贏！門清一摸三，清一色碰碰胡，最扯的是字一色大三元，當下賭神就像真的賭神，只差手上沒有玉戒指。

我們雖然有些嚇到，想想之前賭神幾乎快把全副身家輸給我們，所以也沒那麼糾結，一邊打一邊虧他是不是偷帶液晶體顯影眼鏡，還是學了特異功能，記得收工才能罵髒話之類的。面對我們的笑話賭神卻沒有回應，而且臉色看上去有些不對勁，與其說是亢奮不如說是瘋狂，嘴裡叨念著：「真的有用……真的有用……」雖然看上去有點可怕，但我當初以為是他第一次贏錢有點興奮就沒放在心上了。

那一天賭神大贏之後就是地獄的期中考周，一整個禮拜我們都窩在宿舍裡念書，沒有時間開賭，但就在考完的隔天，我和其他室友討論要去哪裡玩時，賭神卻打電話來說他出車禍了。

當我們趕到醫院的時候，賭神正躺在病床上，右腳打了石膏要靜養一個月，他說是煞車突然失靈，但是我記得他明明不久前才去大保一次車子。

可能是怪事經歷的多了，那時的我心中有一種直覺，所以我讓其他兩人先回宿舍幫賭神拿點日用品，我留在這照顧賭神。等到只剩我們兩人時，我十分正經的問賭神，這次車禍他有沒有頭緒，是不是跟之前贏錢有關係？

我很明顯的看到他面有難色，欲言又止，然後他嘆了一口氣，開始說明。

那天他出去買鹽酥雞的時候，可能是因為考前大家壓力比較大，人還蠻多的，要等比較久，所以他點完單就到附近晃晃打發時間，走著走著就到了附近的公園；那時大概是晚上十一點左右，公園內卻沒人，平常就算這個時間，偶爾還是會有野狗在公園附近徘徊，但那天完全沒有，整座公園陷入一片寂靜。

那時賭神沒有想太多，一邊滑著手機一邊散著步，順便看看別人整理的麻將心法，接著他突然聽到一聲清脆的「喀！」。他立刻覺得奇怪抬起頭四處張望，看到了不遠處的樹下有著一道白色影子。要知道夜深人靜的公園樹下突然出現一道白影是很恐怖的事，所以賭神當下便想當作什麼都沒看見，掉頭就想走。

當他回過頭之後，卻又是一聲「喀！」傳來，賭神說他也不知道自己怎麼了，聽到聲響後身體就不由自主地往樹下走去，就像被催眠一樣。

賭神走到樹下才發現那道白影原來是一頭白馬，剛剛的「喀」聲就是馬蹄敲擊地面的聲音。他說自己很清楚那馬不是真的馬，因為那馬看上去有點飄渺，好像在又不在，與其說是白馬不如說是長的像馬的白霧。

當賭神靠近後，那馬又用馬蹄敲擊了一次地面，賭神下意識低頭一看，就看到白馬腳邊有一個小布袋，他低下身撿了起來，布袋沉甸甸的很有手感。

結果他一打開布袋就嚇到了，裹頭竟然是滿滿的銀錠。賭神當下完全說不出話；接著聽到一聲長嘯的馬鳴，抬頭一看白馬已經消失，他眨了眨眼懷疑自己是不是看錯，更奇怪的是，剛剛還在他手上的布袋竟然也消失不見。

賭神捏了捏臉確定自己不是在作夢，手上殘留的感覺明確的告訴自己剛剛的銀錠不是幻覺，所以他又繞了公園好幾圈想找出那包銀錠，但除了不知道什麼時候跑回來的野狗之外，公園裡空無一物。

賭神直覺認為要不是因為他已經連吃一個月的吐司邊，想錢想瘋了，不然就是老天爺要送錢給他，代表財運要來了，所以揪了我們打麻將，而那天也證明他的猜測是對的；但這次車禍卻讓賭神明白，人生就是有失有得，得到了什麼就會失去什麼。很玄的是，賭神出院後他算了一下，醫藥費和修車費加起來竟然和那天贏我們的錢一樣多。

後來賭神依舊賭性堅強，雖然一樣是輸多贏少，不過人生就是有失有得，夜晚過後就是白天，他大三那年追到大一最正，更正，全系最正的學妹，也是那天我再也不當他是朋友，媽的叛徒。

「昔有紅毛人駐臺，待其離去，所留財寶成白馬幻影，後人傳，如見白馬，即得其財，更有人云，白馬守萬兩，白兔攜千兩。然得其財者皆遭不測，故生死自有命，富貴在於天。」——《臺妖異談》

04 聽香

問世間情為何物，直叫人生死相許，有些愛情卻注定是沒結果，叫人肝腸寸斷，終日以淚洗面。

今天要說的是我大學認識的朋友，我們都叫他一眉，那個一眉不是指他的眉毛連在一起，而是指一眉道長林正英的一眉，因為他特別喜歡鑽研那些玄學的東西。

我和一眉是同班同學，但我們一開始沒那麼熟，直到有一次的突擊考試，雖然是全英文題目但老師佛心來的，竟然全部都是選擇題，秉持著三長一短選最短，三短一長選最長，長度一樣就選C的原則，我順利的寫完那份考卷。

當我等著提早交卷的時候，順便好奇的觀察大家寫的進度怎麼樣，接著我就看到一眉把一個龜殼當調酒杯在那邊搖啊搖，很快的搖出兩枚銅錢，然後毫不猶豫的在答案卷上寫下答案；再把銅錢放回龜殼繼續搖了起來，彷彿教室是酒吧，而他就是吧檯前最閃亮的酒保。

我就這樣看他搖完了一整張考卷，手起龜落，眼睛都不眨的，完全沒打算去看題目在寫什麼。當然，搖的聲音太大引起老師的注意，老師可能也很想看他可以搖出什麼名

堂就放任他繼續。

當成績公布時，一眉竟然拿了全班最高的九十分，老師自己也嚇到，不過後來他還是要補考，因為老師讓他解釋題目時他一句話都說不出來，這也是我跟他認識的契機，因為我只拿五分，也要跟他一起補考。

總之一眉就是個很愛也很會占卜的人，我常常纏著他幫我算桃花，不過他總說占卜是算未知之事不是算已知之事，聽得我一愣一愣的，到現在還是不明白他的意思。

大二的時候我在通識課認識了一個女生，是那種鄰家女孩類型，笑起來十分可愛，就像新垣結衣加長澤雅美混一點點綾瀨遙之後再開根號的感覺。

正所謂烈女怕纏郎，有志者事竟成，三分天註定，七分靠打拚，剩下九十靠長相。我那時可是展開了強烈的攻勢，不僅幫買一日三餐，假日還多附一頓宵夜，再加上偶爾買點小禮物給她驚喜，買到他們宿舍警衛都認識我了。

現在仔細想想，對方給的回應總是給我一種有機會又好像沒機會的感覺，不過那時的我就是個墜入愛河的美少年，也沒想那麼多。

我自然也有去找一眉讓他幫我算跟對方有沒有戲，他被我吵煩了，跟我說今天晚上有一場占卜活動，讓我自己去算。

這裡要提一下，我們大學有著形形色色的社團，飛盤社、劍道社、詩社等等，應有盡有，甚至還有捉迷藏社，而一眉就是靈異研究社的社長，雖然說是靈異研究社，但那是以前傳下來的社名，他們比較像是研究各種玄學真實性的社團，像是抽卡玄學或綠色乖乖跟黃色乖乖的差別之類的，到了一眉這一屆，甚至還跨足到了占卜，三不五時就會有大型占卜活動。

當天晚上十二點左右我們在學校附近的土地公廟集合，那時我有些疑惑，我心中的占卜活動比較接近塔羅牌或是測字之類的，怎麼會跑來土地公廟？

一眉跟我解釋，這次的活動是臺灣早期常用的占卜，叫做「聽香」，是跟神明問事情的一種方式，常用來算少女姻緣，但也可以算其他事，這也是他第一次用。

這種占卜方式要在廟裡才能算，而且要夜深人靜的時候，他已經有跟廟公打過招呼了，讓我們可以用到深夜。接著一眉開始講解聽香的過程，我十分仔細的記了下來，上課都沒那麼認真。

聽香一次只能一個人，因此我稍微等了一會，不久之後便輪到我了。按照一眉的解說，我拿起三柱清香跪在神像前恭敬的拜了三拜，在心中默念想問的事情後便拿著香走出廟門外，接下來便跟著煙飄散的方向走，在這過程中聽到的第一句話便是占卜的結果，聽到後就要返回廟裡擲筊問神明是否就是這句話；也因為這樣，「聽香」必須在夜深人靜且行人稀少的時候進行，不然根本不知道自己聽到了什麼。

說來也奇怪，當我走出廟門時，我確定那個時候是沒有風的，照理說煙應該要往上飄才是，煙卻十分明顯的朝前方飄去，我只好默默跟上。

走沒多遠我便走到了附近的一間便利商店，商店的門口有休息區，正好有兩名少年坐在那裡邊玩手機邊聊天，我立刻豎起耳朵聽他們在說什麼。

A：「媽的！我都課五單了怎麼SSR還沒出？」

B：「早跟你說了，玄不救非，課不改命，尤其這款又沒保底，五單都一萬多了，別抽了。」

A：「可是都花那麼多錢了，說不定再一單就中了？」

B：「沒希望的東西花再多錢都沒有用，把錢省下來吧。」

他們兩人一說到這我就領悟了，拿香的手都有些顫抖，我拖著沉重的腳步走回廟裡，心不甘情不願的跪在神明前擲筊，結果祂也毫不留情給了我兩個聖筊，第三個我不敢再擲，筊握在手上猶豫著該不該擲下去。

一眉見狀後拍了拍我的肩膀，說自己要占的卜含淚也要把它占完，於是我把手放開，筊杯在空中緩緩掉下，落地的聲響如同我與那女孩關係的喪鐘，那是第三個聖筊。

占卜結束後一眉陪我去附近的永和豆漿吃宵夜，一眉看我一邊哭一邊吃蛋餅，便開始安慰我說占卜的結果只是參考，重點還是自身的選擇，我問他覺得我跟那女孩之間到底有沒有戲？他沒有說話，轉身點了一份總匯三明治說是請我的，我哭的更大聲了。

當我們解散回家時，一眉跟我說他明天上課不會去了，讓我幫他代點名，我問他為什麼，他只說有事，我當下也沒想太多，心中只念著我和那女孩的事。我那時暗自決定，不管那占卜說什麼我都要繼續追她，直到對方給我發好人卡。

隔天上課一眉果然沒有來，我便幫他代點，但是課上到一半突然來了場小地震。身為一名臺灣人，地震跟起床鬧鐘沒兩樣，一點新鮮感都沒有，但是地震搖到一半時，教室天花板上的投影機竟然被搖了下來，底下的桌椅立刻被砸壞，幸好座位上沒有人。

那間教室本來就有點年紀，投影機被搖下來雖然有點嚇到但也沒有太意外，反正沒人受傷就沒事了，後來我細想了一番卻發現其中有古怪。

那時已經是學期中，雖然大學生沒有座位表，但隨著時間久了誰通常坐哪基本都固定了。

而那天投影機砸壞的座位正是一眉的座位。

之後我問一眉才知道，那天他聽香的結果就是讓他隔天不要去學校，也幸好他沒去，不然他現在恐怕已經躺在醫院裡了。

因為這樣我更加相信一眉的占卜，後來我四處調查，果然發現我追的女孩已經有男朋友了……我沒哭，這只是眼睛流汗QAQ

「八月十五日，謂之中秋。夜深時，婦女聽香，以卜休咎。」——連橫《臺灣通史》

「姑娘姑娘欲問何？夫君幾時下聘禮？滿月持香追煙行。行人聲語細聆聽。夫君夫君何時來？姑娘心中已有期。十年嫁妝備滿屋，只待良人親身至。」——《臺妖異談》

05 阿里嘎蓋

不知道大家還記不記得大鳥，就是我那個原住民，很帥，有點黑，很帥，很會打籃球，很帥，句尾不會加的啦，很帥的朋友，基本上把他想像成曬黑的彭于晏就好。

我和大鳥的關係還不錯，平常都會約吃飯，雖然還是不知道我一個肥宅怎麼跟他搭上邊的。

這次的故事是我大二的時候，那時我每天都去朋友外租的房子打麻將打發時間，某一天我正在牌桌上大殺四方，大鳥打了電話給我，我便接起來邊聽邊打，大致上就是一名博士生需要人手上山採樣，問我要不要一起去？薪水很不錯。

我當然是立馬拒絕，要知道上次跟大鳥上山的時候我差點被怨靈拖下懸崖，再跟他上山我就是狗。

於是他有些失望的說，那他只好拒絕學姐了。關鍵字一出我精神就來了，我急忙追問他怎麼認識的，他說那名博士生學姐是他的遠房親戚。

重點來了，上次跟大鳥上山的時候我也見到了他的家人，確實男的帥女的美，既然有大鳥家的基因加持，那肯定是標準以上啊！看來我到死都是條狗，一條為了愛情犧牲的狗，汪。

於是周末清晨我和大鳥在學校門口集合，學姐會開車載我們過去，我到門口的時候大鳥和學姐已經在廂型車那等我了。

當我見到學姐時，該怎麼說呢，我可以保證她絕對是美女，有著立體的五官和英氣的外貌，只是她那深如熊貓的黑眼圈和一看就知道好幾天沒睡的憔悴面容……俗話說的好，時間會改變一個人，簽博也會。

不過那時我心中有另外一個擔心的地方，等一下是我眼前這位美人熊貓要開車？當我說出心中的擔憂，學姐笑了笑回道別擔心，她今天有睡三小時以上了。我當下很想逃跑但不能，不是因為什麼言而有信的狗屁玩意，是大鳥強硬的把我拉上車，就這樣，車子在我的慘叫聲中駛離了校門。

中午的時候我們已經開到了山上，我不確定車程有多遠，卻足夠我把人生跑馬燈跑過三遍，順便感謝我父母把我生下來感謝了十遍。

雖然我很想問候大鳥祖宗十八代，但有一說一，這次工作的薪水真的不錯。既來之則安之，我們在車上隨便吃了點路上買的便利商店飯糰便開工了，主要工作就是把儀器搬下來，然後聽學姐的指揮做事。

儀器有點重，至少對我來說夠重了，當我好不容易把一台應該是測量儀的東西搬下車的時候，大鳥已經搬好了兩台。沒關係，我們不跟超人比較，然後我就看著學姐手腳迅速的搬了五台出來……果然簽博的都是狠角色。

把儀器架設好之後大約是下午兩三點，學姐說接下來的東西她處理就好，讓大鳥去弄些東西當晚餐。我見大鳥從車內拿出一把弓箭消失在茫茫樹林中，我原本還在想剛剛在便利商店時怎麼不買東西當晚餐，原來要就地取材。

看著學姐在那忙東忙西，我有點無聊便在附近走一走，我不確定這座山是不是什麼熱門登山點，但是我很確定我們來的地方很偏僻，就連剛剛開過的路都不太像路，所以當我見到明顯被外力折斷的樹枝跟地上的大腳印時，我有點怕了。

說是樹枝其實客氣了，那幾乎是一整棵小樹，而那腳印根本是一個窟窿，直徑比我的頭還大。

雖然不知道是什麼玩意兒造成的，只知道我在它面前絕對跟雜草一樣，我當下不敢一個人待著便走回去學姐那，只見學姐好像也大功告成了，正坐在露營椅上仰頭大睡。

根據學姐行前的說明，我們要把儀器放過夜讓它採樣，也就是說我們要在山上露宿一晚。剛好大鳥也回來了，還施展了他的原住民超能力，扛了一堆野味回來，接著又使用了他的另一項超能力——快速生火，沒錯，他們連瓦斯爐都不帶。

在大鳥的指揮下，我們把帳篷架好的同時也把晚餐處理好，主要是大鳥弄的，我要確保的就是不會烤焦。

可能是聞到了烤野味的香味，學姐也從睡夢中醒了過來，我們三人就湊在營火旁一邊聊天一邊吃著野味，同時我也說出了剛剛在樹林裡的發現，大鳥回說他剛剛去打獵的時候沒有特別看到猛獸的痕跡，可能是之前來的人弄的，但如果我擔心的話他今晚把營火弄得大一點。

吃飽後因為手機在山上也沒訊號，而且山上的夜晚來的特別早，我們便早早就寢，我和大鳥睡一個帳篷，學姐睡一個，雖然這是很理所當然的，但還是有些失望。

因為搬了一早上的儀器，我和大鳥很快的就進入夢鄉，但畢竟是在野外，我有些淺眠，半夜的時候聽到一陣窸窸窣窣的聲音，接著就看到一道人影從帳篷邊走過；這下我整個人都醒了，雖然八成是學姐，但半夜帳篷邊有人影走過還是很恐怖。

接著帳篷的拉鍊被拉開了，一看果然是學姐，我揉著惺忪的睡眼爬了起來，不知道是不是儀器有問題要讓我和大鳥幫忙。正當我要叫醒大鳥時，學姐舉起食指比了個噤聲的手勢，我有點茫然，難不成是有東西放在我們這帳篷沒拿嗎？

學姐輕手輕腳的走進我們的帳篷，突然抓住我的雙手把我壓在地上，同時我看出學姐的眼神帶著滿滿的飢渴，大口大口的喘著氣，雖然學姐的口臭和體味有點重，但這並不影響我的胡思亂想。

難不成是那種小孩子不能看的展開嗎?!是那種飢渴大姐姐想吃了青春小弟弟的那種展開嗎?!

想也知道不是，這可是妖怪故事。

但是當下我並不知道，我只在意大鳥還在我旁邊，我低聲喊道，學姐不要、不要在這裡。學姐沒有回應我，反而用左手摀住我的嘴巴，右手食指則劃過我的胸膛，最後停在我的左胸；下一秒，一股刺痛感傳來，學姐的右手竟然變得尖銳起來，與其說手不如說是爪子。

眼看學姐的手就要直直刺入我的心臟，我不知從哪生出來的力氣，一記頭槌就往學姐鼻樑撞去，雖然人家都說不能打女生的臉，但緊急情況不能算吧？

學姐被我狠狠地撞出了帳篷，蹲在地上摀著鼻樑，神情有些痛苦，這時我還天真地擔心她，深怕是自己睡昏頭了，便急忙走出帳篷去查看學姐的傷勢。

我走到學姐身邊緊張的向她道歉的時候，明顯看到在火光的照耀下，學姐的身上冒出了大量金毛，身形也慢慢變大，最後竟然變成了一個兩公尺高的巨人。那巨人渾身金毛，就連臉上也是，碧綠的雙眼，瞳孔細長得像貓一樣，滿嘴的尖牙似乎可以輕鬆的咬碎骨頭。

我立刻大聲叫出來連滾帶爬的往帳篷跑，聽到我的尖叫大鳥也爬了起來，看清眼前情況後他雙眼圓睜似乎不敢相信，嘴裡嘟嚷了一個詞，接著便拿起放在一旁的弓箭拉弓瞄準；原來他帶著弓箭睡覺，難怪我就覺得怎麼睡覺的時候一直有硬硬的東西頂到我。

看到大鳥拉弓上弦巨人似乎有些害怕，接著大鳥又用我沒聽過的語言大聲喊著，我猜是他的族語；巨人聽到後便惡狠狠的看著我，我很清楚的聽到巨人說了一句：「算你運氣好。」然後轉身便跑了。

大鳥確定巨人走遠後才放下了弓箭，臉上滿是驚險，這時學姐聽到聲響也跑了出來，手上還握著一把不知道哪來的獵刀，現在是只有我沒帶武器嗎？

學姐問大鳥發生了什麼事？大鳥回說遇到阿里嘎蓋了，但已經被他趕跑。這個新詞聽得我一臉疑惑，大鳥此時才跟我解釋，阿里嘎蓋是他們傳說中的巨人土著，有智慧且喜歡吃人的心臟，能幻化成人，傳說很久之前輸給他們的祖先就發誓再也不危害人類，而他剛剛就是用族語跟他說不要忘記你的誓言。

難怪他只攻擊我不攻擊大鳥，原來是怕他的祖先，但是我細想了一會又覺得哪裡怪怪的，我便問大鳥怎麼知道這樣做有效？如果沒效怎麼辦？他回說他也不確定，反正他手上有弓箭。

後來我問學姐要不要提早下山，我真的有點怕了，學姐卻舉起手上的獵刀說拿不到DATA誰也別想下山。她眼中滿滿的殺意讓我既安心又害怕，安心的是阿里嘎蓋回來的話應該會被剁成生魚片；害怕的是，如果我手滑把儀器摔了，她可能會親手挖出我的心臟。

之後大鳥便坐在營火旁戒備了一整晚，而我也稍稍安心的睡了下來，幸好直到我們下山阿里嘎蓋都沒有再出現。

從那次之後我發誓再也不上山了，別誤會，我跟大鳥還是好朋友，雖然這次也是他救了我，但是要我再跟他上山，我就跟他姓！等等，我手機響了……什麼？你說約我上山採竹筍？打死我都……有妹子？你朋友？外號小郭雪芙？

那我們今天故事就到這邊，謝謝各位，如果有推薦的竹筍食譜記得跟我說，再怎麼說竹筍也不可能咬人吧？

「番人皆流傳，有巨人身高三尺有餘，名喚Alikakay，通體金毛，膚色蒼白，瞳孔如針，有幻化成人之能，喜食人。番人不堪其擾，集而攻之，得勝而歸。」——《臺妖異談》

06 金魅

升上大二之後許多人離開了宿舍開始了租房生活，有人是受不了室友、有人是朋友互相揪、有人則是單純的沒抽到宿舍，而找房子也是大學生活中充滿趣味的一件事。

雖然我也是外宿，但今天要說的不是我找房子的故事，而是我朋友，我們暫且叫他台客，因為他都穿的很台，每次看到他都是藍白拖加金項鍊，不然就是花襯衫配金框黑墨鏡。有趣的是，他是設計系的，不是我有什麼先入為主的觀點，說實話，看到他的穿著根本沒人想到他會是讀設計的，所以我每次都問他是不是讀錯系，他總是會和藹可親的向我比一根中指。

我跟他是高中同學，那時他的服裝風格就差不多是這樣了，常常外面套個制服裡面再搭一件鬼洗Ｔ恤，教官一來就趕快把扣子扣好。

有一次教官來的時候我故意不跟他說，就這樣笑看他被叫去做愛校服務一個禮拜，結果他竟然把我偷帶ＮＤＳ到學校的事跟教官告密，害我要跟他一起去掃地，正所謂不打不相識，我跟他之間產生了奇妙的革命情感。

那時台客沒抽到宿舍，只好上各大租屋網和學校裡的租屋社團去找房子，每次都在電話裡跟房東聊得好好的，但是一到現場看屋的時候，房東就會很神奇地接到一通電話，屋子就很神奇的被租出去，說是已經有別人先卡位。

他有跟我抱怨過這個問題，我也很好奇，所以有跟他去看過一次房子，但見到房東的時候，我很清楚的看到房東的表情，從一開始的笑臉迎人到後來的面有難色。

此時我恍然大悟，對方根本是看到台客的裝扮所以不想租他，而且這房東更狠，直接說他這房子剛剛被買走，他已經不是房東了。台客始終不信邪又找了一間，我抱著看熱鬧的心情又跟了過去，這次房東一見到他就直接裝暈甚至嘔吐，說他倆氣場不合不能租他，求生意志十分強烈。

其實我也不怪房東，原本接電話聽到是國立大學的學生，還是設計系，心中滿懷期待見到一位戴著細圓框眼鏡，穿著羊毛衫的文青；結果來的是穿著藍白拖，站著三七步的台客，這個落差就像台南的醬油膏，騙你是鹹的。

我後來一邊笑一邊跟台客說他的服裝問題，他一臉氣憤，說這身裝扮就是他的靈魂，區區房子而已不能讓他出賣他的靈魂，所以又繼續了找房子被打槍的日子。

當大家找完房子，學期都快開始的時候，我有點擔心台客，所以打電話問他找到房子沒？要不要幫他準備紙箱？公園位子佔好了嗎？他用非常標準的台語問候一下我母親後跟我說他找到房子了。我當下非常開心，也用台語問候了一下他母親，跟他說要去他家看看。

我原本以為台客找到的房子條件不會太好，要不遠到靠北，要不舊到靠北，但其實條件很好，是一間普通的單人公寓。離學校不遠，一房一衛一廳，附床跟家具，還照台水台電計費，而且整間公寓超級乾淨，不知道房東是不是有找專業的清潔公司來清理，更驚人的是他的月租，一個月才兩千，我跟他說我可不可以搬過來睡客廳，我有自備紙箱，他又跟我比了個中指。

不過想了想這間房子這樣的條件配上這麼低的價錢，一定哪裡有問題，台客也跟我坦承，當初租這間的時候房東有開一個條件。

客廳的牆上有個小神龕，裡頭擺著一尊牌位，可能因為年代老舊，上頭的字都已經模糊不清，房東的條件就是每個禮拜都要準備供品拜一次牌位，拜什麼都沒關係，只要是吃的就可以。根據房東的說法，那是之前屋主的祖先，屋主亡故之後卻沒有人來認這間房子，於是這間房子就成了法拍屋；雖然房東買了下來，但那尊牌位他也不知道怎麼辦，總之先拜了下來。

我當下覺得那房東的說法好像哪裡怪怪的，卻又說不出是哪裡怪，只覺得心裡有個疙瘩，所以勸台客不要租了，但他說這間房子是他之前學長住的，他學長住那麼多年都沒事，應該沒問題，再說這間再不租下來他真的要去睡公園了。

聽到台客這樣說我也不好多說什麼，只跟他說注意安全，有事的話可以來我這借住一會，再怎麼說我們也是一起過命的交情，我們一起掃過地，就是一輩子的朋友了，他如果真的出事我會很難過。

一開始的幾天我還是挺擔心台客的，不過一直到學期中台客都沒出什麼事，我也就漸漸淡忘了這件事，但是接近學期末的時候，台客就打電話給我了。

當我再見到台客的時候，他一臉的憔悴，兩眼黑眼圈堪比熊貓，原本要花一個小時抓的頭髮也變得跟鳥窩似的。

前面有提到台客是設計系的，俗話說的好，「一日之計在於晨，讀了設計見早晨」。他們系上每次學期末要交一份期末專題製作，我也搞不懂那是什麼，總之就是很累的東西就是了。

那時候台客總是忙到沒日沒夜，有一餐沒一餐的，連自己都忘記吃飯了更何況是拜牌位，不小心就超過了一個禮拜的期限。

有一天晚上台客真的撐不下去了，躺在床上就失去了意識，也不知道是睡昏頭還是怎樣，他隱約看到一道身影站在他的床邊，他看不清對方的臉，但是從一頭黑色的長髮看起來應該是女性。台客一開始雖然有點嚇到，但是自己真的太累了，捨不得爬起來，只能告訴自己應該是作夢，就這樣繼續躺著。

接著那名女子伸出手抓住了台客的腳，突如其來的冰涼讓台客全身一抖瞬間醒了過來，然後他看到女子的嘴巴以超越人類極限的方式大張開來，像一頭蛇準備吞下比自己大的獵物，下一秒，血盆大口向台客襲去。

當下台客立刻從床上跳了起來，剛剛站在床邊的女子卻消失不見，他原本以為是夢，當他低頭看向自己的腳踝時，卻看到上頭有一片瘀青，看上去就像人的五指，他心中一涼，睡意全消，拿了手機錢包就跑出家門了。

我問台客，所以他看上去這麼憔悴是因為做惡夢嗎？他說不是，是因為報告，我拍了拍他的肩膀十分同情他。

跟台客商量之後，我們一致認為問題出在那尊牌位上，決定先打給那位房東說明情況，沒想到房東聽完語氣十分平淡，只說記得拜就沒事了，然後就掛斷電話，留下我倆面面相覷。

雖然房東這麼說但台客還是害怕，跟我說可不可以讓他先在這窩到學期末，租約一到他再去找新房子，我當然答應他；而且因為台客走的匆忙什麼東西都沒帶，我從衣櫃裡隨便拿了一套衣服給他讓他先去洗澡，我永遠記得他那時臉上嫌棄的表情，彷彿我拿給他的不是衣服，而是一袋垃圾。

隔天早上我硬著頭皮陪台客回去拿東西，我們還特別挑正中午，心裡想著光天化日之下總不會有東西跑出來吧？當我們走到租房前剛好遇到對面的住戶出門買飯，那是一位年過四十的大媽，理所當然的，我倆被她問了一堆東西，像是幾歲？讀哪？薪水多少？

經歷了一段尷尬又不失禮貌的對應後，大媽又問了一句：有沒有女朋友？身為機會主義者的我趕緊趁機問大媽有沒有女兒或是朋友的女兒可以介紹給我，大媽回了我一個尷尬又不失禮貌的微笑後轉頭問向台客。

身為我朋友的台客自然是單身，這時大媽卻突然問了一句很奇怪的話，她說既然沒有女朋友，那跟台客一起住的女生是姊姊還是妹妹？說是偶爾會看她出來倒垃圾。大媽說完也不等我們回答，看了一眼手錶後就匆忙的走掉了，剩下我和台客渾身起雞皮疙瘩的站在屋前不敢進去。

這時台客緩緩的跟我說，自從搬進來之後他從來沒有掃過房子，房子卻跟當初第一眼看到的一樣乾淨，而且有時候垃圾會突然消失不見，他還以為是房東有來幫他打掃或是自己有倒卻忘記了。

雖然聽完大媽剛剛的話後我倆心裡有點毛，但台客的期末專題還在裡頭，要他重做不如殺了他比較快，所以他還是打開了房門走進去。

屋內其實沒什麼異狀，想來是大白天對方可能也不敢出來，在台客收拾行李的時候，我目光一直停在那尊牌位上，我總覺得那尊牌位也在回看著我。

台客整理完東西後，他拿出了提前準備好的麥當勞，而且不是一般的麥當勞，是全家分享餐的麥當勞，我長那麼大第一次看到實物，果真震撼力十足。台客把那份麥當勞恭敬的放在牌位前，然後拉著我的手急忙走出房子。

之後每個禮拜台客都會拜託我陪他回去拜牌位，我自然是答應的，因為每次回去我都可以跟他凹一杯五十嵐。而且說實話，我當初外宿的地方要追垃圾車挺麻煩的，所以每次跟台客回去時我都會順便把我家的垃圾留在那，下禮拜再過去的時候垃圾總是會神奇的不見，屢試不爽，我都想叫台客繼續租下去。

後來台客為了找新房子，買了一套租屋專用套裝，POLO衫搭牛仔長褲，再配上一副代表知性的平光黑框眼鏡。

看著他為了生活捨棄靈魂的身影，我不禁流下兩行眼淚，我想這就是成長吧，誰又能永遠那麼自由呢？

「富家的妻室便馬上做了牌位來祭祀她。雖然是金綢的名字，但因死了成了鬼便改稱金魅。家裡四時都那麼乾淨。其妻到處去找瞎子、啞巴、跛腳的，便宜的把他買來，每年一個送往祭祀金魅的房裡去。聽說到了第二天早上一定剩下頭髮，以外沒有留下別的。」——林本元《民俗臺灣》

「昔有妖異，人稱金魅，乃遭虐而亡之婢女所化，善持家，然需以人命供養，縱如此，常有旅社誘外人供養之，人心可畏也。」——《臺妖異談》

07 栽花換斗

今天來說說我最後的一位室友，首先複習一下，我的室友目前提到的有被蜘蛛詛咒的阿標，以及和白馬相遇的賭神，而最後一位室友叫楊過，不是因為他斷手，他的手好得很，是因為他的女人緣好到不可思議。

楊過是個長的很清秀的人，如果要具體一點形容的話，就像古裝劇裡適合留長髮，穿著白色長袍，手上還拿著一根笛子站在樹下吹呀吹的瀟灑男子，再加上他為人溫文儒雅，說話溫柔，基本上風度翩翩這個詞就是為他而設。綜合以上條件，楊過一入學便成為我們系上的天菜，使學姐渴望，令學妹瘋狂，讓同屆暈船。

不知道大家在大學的時候有沒有歐趴糖這個傳統？簡單來說就是學長姐在期中或期末的時候送個小點心給自己直屬學弟妹，形式上不一定是糖；有時不是直屬也會送歐趴糖，那代表的意義可說是「司馬昭之心，瞎子都知」。

我還記得當初大一收歐趴糖的時候，楊過基本把系上所有學姐都收過一遍，不知道的還以為是情人節到了；順帶一提我的直屬學姐買了一盒金莎給楊過，然後買了三盒雙響泡泡麵給我，三大於一，她一定是喜歡我。

但是從大二開始，不知道發生什麼事，楊過開始穿女裝了。

一開始是大一下學期時，我不經意瞄到他衣櫃裡有一件偏女式的上衣，再來是他的洗衣籃裡莫名出現一雙黑絲襪，我問他的時候他總是打哈哈的帶過，說是社團活動時用到的東西，我只當他是加入了戲劇社就沒多問。

直到有一天，下午沒課的我正躺在床上睡午覺，那時聽到有人開門回來的聲音但我沒有細看是誰，只是轉個身繼續睡我的，接著宿舍的廣播響了起來：「警衛室廣播，本宿舍嚴令禁止女性進入，請剛剛進入ＸＸＸ號房的女同學趕快出來！」

那時我還想說怎麼那麼刺激？竟然有人偷帶女生進來，後來發現不對，那房號不是我這間的嗎？我當下立刻從床上爬起來，就見到一名黑長直正統派立領毛衣美少女一臉驚慌的看著我。

總之我先甩了自己一巴掌，嗯，很痛，看來不是夢，然後我再仔細一看，那人不就是楊過？他怎麼穿著女裝，而且好正！想到這裡我又給了自己一巴掌，阻止了我那大膽的想法。

我還來不及問，沉重的敲門聲響了起來，是警衛來抓人了。我當機立斷讓楊過脫下身上的衣服跟假髮藏到床墊下，接著躺到床上假裝睡覺。

警衛進門時看到房裡沒有其他人，看了看床底跟衣櫃，接著又檢查了隔壁跟對面的房間都找不到人後就摸摸鼻子走了。之後宿舍就多了一個女鬼四處徘徊找前世情人的恐怖故事，但那是後話了。

後來楊過跟我解釋說女裝是他個人興趣，那天他因為做報告太累了，所以上午穿女裝出去走走釋放壓力，但人一茫忘記換完衣服再回來。我表示我尊重每個人的興趣愛好，這件事我也會替他保密不過必須付出點代價。

嘿嘿嘿，沒錯，幫我介紹女朋友，我還記得他當時臉上的表情十分苦惱，我看他讀工程數學都沒那麼苦惱過，最後我妥協了一下，改成用一個禮拜的麥當勞當封口費。

有一天我在租屋處耍廢的時候大鳥打給我，讓我幫他顧貓，也就是珍奶。因為他爸媽剛好要出去國外玩，而他那禮拜又要去外縣市打籃球比賽，最後只能託付給我。我跟他抱怨說這麼突然我很難辦，這樣我怎麼來得及買罐罐？貓砂盆要買多大？現在訂貓跳台來得及送到嗎？珍奶如果住的不舒服，瘦了的話他能負責嗎？能嗎？

大鳥說我太激動了，貓會放在他家，我只要定時去放飼料跟水就好，除此之外有一件蠻重要的事，就是要記得遛貓。

對，遛貓，我生平第一次聽到。大鳥說珍奶是山裡長大的貓，不出去跑跑的話會不開心，這下怎麼得了，我們珍奶不能不開心；所以雖然很奇怪，我還是每天帶著珍奶出去走走。有趣的是大鳥說珍奶不用牽繩，只要聽到笛子的聲音就會自己跑回來，接著就交給我一個明顯用手工削成的竹笛。

幸好我們學校有一片蠻大的草地，到處都種滿了樹，乘涼還挺舒服的，所以我就帶著珍奶去那邊放風。當牠在自由奔跑的時候，我坐在樹下看著來走路運動的女孩子，雖然有幾次被管理員關切，但我只要解釋自己是在看我家的貓基本上就能過關了。幹的好珍奶，晚餐幫你加一個罐罐。

大概在第三天還是第四天的時候吧，那天天氣其實有點陰，像是快下雨的樣子，我想說早點回家比較好，就吹響了笛子讓珍奶回來，但是吹了幾次後珍奶卻毫無反應，不見貓影。

我當下有點慌，想著我們家珍奶傾國傾城的可愛會不會被壞人偷抱走？所以我趕緊四處搜尋，很快的在一棵大樹的樹根下發現牠，此時的珍奶正專心的用前爪刨著地。

不是，珍奶你是貓不是狗啊！沒事刨什麼地啊？

眼見天已經黑一邊了，我趕緊抱起珍奶準備回家，平常的牠都會乖乖讓我抱著，但是這次牠卻一反常態有些掙扎。我有些疑惑，不過珍奶是一隻很有靈性的貓，甚至救過我一命，牠如果反常的話肯定有哪裡不對勁，所以我把珍奶放了下來，而牠一樣跑回原地繼續挖著地。

我湊過去一看，珍奶刨地的地方正種著一株紅花，底下的土已經被珍奶挖得亂七八糟，我對植物不是很了解，總之就是一朵不足巴掌大的紅花，感覺在這樹下有一朵紅花很奇怪，我猜想這花可能是有人種在這的。

雖然不知道出於什麼目的，但珍奶把人家的花挖得亂七八糟實在很不好意思，尤其對方若是個身長兩公尺的肌肉猛男，那我恐命葬於此。

為了我的人身安全著想，我伸出手阻止珍奶並打算把土埋回去，同時眼睛卻瞄到了土裡似乎有一樣不尋常的東西。

我趕緊把那土挖開，就見到一張土黃色的符紙用夾鏈袋細心的包好，裏頭還放著一些頭髮。雖然這樣已經夠令人毛骨悚然的，但更恐怖的是，符紙上頭用鮮紅的硃砂寫著一個名字，那名字我認得，是楊過的本名。

以我過往經驗來說，這時候最好的做法就是不要亂動，所以我趕緊把珍奶抱起來，同時拿起手機打給做廟公的堂哥，文青。

說明完情況之後他很明顯的進入了思考，讓我拍幾張照片給他看並說晚點回我。

過了沒多久他便打回來了，讓我把花跟符紙妥善收好，找個時間帶去他那一趟，隔天我便帶著珍奶一起去了文青的廟。

「這不是詛咒，正確來說是一種祈求儀式，但在這場合的話，要說詛咒也對。」文青一邊擼著貓一邊解釋道：「古時候人首要大事就是生子，尤其特別要生男孩子，所以存在各種求子儀式，這是其中一種叫『栽花換斗』的儀式。簡單來說就是婦女要拿著一盆花到廟裡祭拜，如果求生女就種紅花，求男就種白花，之後把花種在家中精心照顧，不能枯了，認為這種方式可以把腹中孩子的性別轉成自己希望的。」

「但這怎麼說也是求子儀式，我也是第一次看到用在成人身上的，我猜對方應該只是看到可以轉換性別就以試試看的角度嘗試，你那朋友的特殊癖好應該也是受到這個影響。」

「那我現在把花挖起來了怎麼辦？」

「挖起來也算破了這儀式，以防萬一這花跟符咒我再拿去處理一下，你這幾天記得關心你朋友，看有沒有什麼不良影響，但這件事就別跟他說了，知道被人詛咒心裡還是會不舒服的。」

「這我知道，不過對方到底為什麼要這樣做？把楊過變女生有什麼好處嗎？」

「誰知道呢？通常會去詛咒人的人，那想法已經不正常了。」文青吸了一口貓說道：「但要我說的話，應該是『如果把他變成女孩子的話就不會被別的女人搶走了吧？』的這種感覺，我猜啦。」

「看來太受歡迎也不好。」我點頭道：「那再麻煩你了，我也差不多該回去了，把珍奶還我。」我伸出手要接過珍奶，文青卻轉身過去不願交出來。

「不還，珍奶說今天想住我家。」文青用力的抱住珍奶說道。

「我聽你在屁。」

「牠還說你都利用牠偷看妹。」

「你真的聽得懂？」沒想到我這幾天做的壞事都被他發現了，該不會他真的聽得懂珍奶的話吧？不知道能不能教我？

「怎麼可能，你的行動用猜的也知道，唉，我堂弟那麼笨到底怎麼在社會上生存。」文青搖頭道。

過了幾天，我偷偷問楊過關於女裝癖的事，他說他最近已經不穿女裝了，也不知道當初的自己怎麼想的，買的衣服還都挺貴的，所以也沒丟就暫時收起來，我一邊慶幸一邊又覺得可惜，女裝楊過真的好正……。

但是過沒半年他又跑回去穿女裝了，他原本想說衣服很貴所以又穿了幾次，看著鏡中越來越可愛的自己就有點上癮；為此我打了電話問文青，他說這次單純就是個人癖好的問題了。

嗯？你問我怎麼知道楊過又開始穿女裝？因為他說我的租屋處採光比較好，整天跑來我家拍沙龍照！

你們知道看到一個美少女在我面前，卻是自己男同學的心情有多複雜嗎?!

「自古以來，求子之術極盛，尤以求男子為最。請法師，求神明，以花為祭，求女栽紅花，求子栽白花，是為栽花。以豬肚為祭，祈求生女之肚換生男之肚，是為換斗。」——《臺妖異談》

08 蛇郎君

這故事講起來有點丟臉，還記得之前大鳥約我去山上採竹筍的事吧？因為每次跟他上山都出事，像是差點被鬼騙去跳懸崖或是被奇怪的生物吃掉心臟。我原本發誓再也不跟他上山了，但是他這次說約了一個外號「小郭雪芙」的朋友一起。

身為一個十年郭雪芙老粉，這我實在無法拒絕。要知道她當初幫YAMAHA代言的時候我可是買了一堆機油，我甚至連機車都沒有，我問老闆看在買那麼多的份上能不能換她的人形立牌，但他不只不給我換，連機油也不給我退，媽的奸商。

總之我還是跟他們上山了，為此我可是準備許久，連衣服都是特地買的登山服，為的就是給人良好的第一印象；雖然下個月恐怕要吃土了，但是如果吃土可以換到女朋友，吃一輩子又如何？

不過很快的我發現一件事，就如同我是衝著小郭雪芙而來的，其他三位女生很明顯也是衝著大鳥來的，從頭到尾目光幾乎都停留在大鳥那黝黑又健實的身材上，一副副饞他身子的模樣。不過算了，我也不怪她們，誰還沒點下流的小心思呢？畢竟一開始我也是抱持著不純潔的思想來的。

到了山上大鳥簡單的布置了一下營地便領著我們到採竹筍的地方，他首先示範了一次後便把工具交給我們，讓我們自己去採並提醒注意安全，講這句話的時候還特別看了我一眼。

之後我們便三三兩兩的散開來採竹筍，毫不意外，女生們幾乎都圍在大鳥身邊，彷彿大鳥才是竹筍一樣，他本人也對這狀況十分困擾，帶有歉意的看向我，我揮揮手示意他不用在意；反正這次恐怕是沒戲了，我還不如專心多採點竹筍，雖然追不到女朋友但至少我是飽的。

就這樣，我不知不覺的越採越深，當我回過神來四周已經沒有人了。

如果問我慌不慌？那是不慌的，開玩笑，你們以為出過那麼多事後，我跟大鳥上山會一點準備都沒有嗎？

自從上次發現只有我沒帶武器上山，這次我便網購了一把多功能野外求生刀，可切可砍可生火，甚至還可以剪指甲，所以我早就在路上用刀子在樹上刻下痕跡，接下來只要沿著痕跡走回去就好。

當下我十分佩服我自己的聰明才智，但是人真的不能膨脹，就在我沿著痕跡走回去時一個不慎腳就踩空了，而且那時我還背著一籃的竹筍，整個人重心不穩滾下了山坡。不幸中的大幸是我穿著全套的登山服，所以沒有受到什麼太大的傷害，果然一分錢一分貨，問題是這一滾我就不知道自己在哪了。不過我說了，我這次是有備而來的，除了買刀子還買了哨子，於是我立刻拿出來開始亂吹一通，期待大鳥他們能聽到。

在我吹哨子等他們來找我的時候看了一下周遭的環境，發現四周有許多野菜，跟大鳥上山次數多了，漸漸的這些東西也認得了，而且那野菜的量令人驚訝的多，就像個菜園一般。

就在這時候我聽到一陣聲音從前方的樹叢傳來，我原本以為是大鳥他們所以哨子吹得更歡了，沒想到一頭山豬慢悠悠的走了出來。

我發誓，我當下心臟直接停了下來，哨子也不敢吹，不過下一秒山豬悲鳴了一聲就倒下不動；當我還搞不清楚怎麼回事的時候，我聽到後方大鳥正在大喊我的名字，我一回頭就看到大鳥從山坡上跳下來護在我身前，手上還拿著一把開山刀。天啊，怎麼可以帥成這樣？

很快的，大鳥發現哪裡不對，查看後才發現山豬竟然死掉了，我向大鳥解釋事情經過，他說這可能是山神送的禮物，便用他的族語祈禱了幾句。於是我們把周遭的野菜採了一些並將山豬抬回去，看到這一幕，女生們便把我們倆圍了起來驚喜的看著我們，那一刻可以說是我的人生巔峰。

故事還沒結束，下山之後其中一位女生竟然密我了?!她說她覺得我蠻有趣的想跟我多認識一點，我認真的思考了這是不是對方在玩懲罰遊戲，但就算是我也不會拒絕。就這樣我跟對方聊了一段時間，後來終於跟她約出來單獨見面，但是約會當天我卻突然重感冒，為了對方好，那次約會只好取消。

神奇的是類似的情形不斷發生，每次只要跟對方敲定約會我就會出事，像是從樓梯上摔下去扭到腳，或是煮泡麵不小心翻倒熱水燙傷自己。

不過我平常已經倒楣習慣了，倒也沒什麼放在心上，真正讓我擔心的是在下山一個月左右後發生的。

某天晚上我正在睡覺，半夢半醒之間隱約感覺身旁傳來一股涼氣，那是一股透入骨頭的涼，我下意識的半開眼睛，朦朧中看到一道黑影就站在我的床邊，我當下睡意全消，正想從床上跳起來逃命的時候卻發現全身都動不了，長年的經驗告訴我，鬼壓床了。

一整夜對方也沒有什麼舉動，只是一直盯著我看，傷害性不大，就是有點冷。大概知道對方沒有敵意後我也不想理祂了，因為隔天還有早八的課，所以我就繼續睡我的。但是第二天對方又過來了，之後的第三天、第四天祂都來了，最後竟然給我連壓了一個禮拜！這就有點過分了。雖然不用開冷氣很方便，但睡到一半不能動的感覺實在令人不爽，更別說有一天我水稍微喝多了一點，想上廁所卻被壓著起不來，害我憋了一整晚。

沒辦法，我只好打給我那廟公親戚，文青，他聽完後讓我過去他那一趟，所以周末我便回了趟老家。

關於我那親戚，故事可長了，雖然他是做廟公的，聽起來很像阿伯，實際上他和我同輩，大我三歲左右吧。因為是我爸爸那邊的遠房親戚，所以算是我堂哥，從小到大都是他幫我處理這些鬼神妖怪的事，老交情了。我們暫且稱他為文青，因為他真的很愛看書，不過礙於字數，他的故事我們有機會再說。

我一下火車後就直接去了文青的廟，跟他詳細說明了情況，他沉思了一會掐指算了一算，甚至開始眉頭深鎖一臉的不解，讓我開始慌了起來，難不成這次真的出大事了？接著他讓我脫下衣服，繞著我巡了一圈，看到我後背的時候卻突然放聲大笑了起來。

「行啊堂弟，你招惹妖怪的本事真的是專業的。」文青大笑道，同時拿手機拍下我後背的照片，我一看心跳直接停了兩拍，後背上頭佈著滿滿的黑色蛇紋，足足有手臂那麼粗，因為是在後背所以不留心的話根本不知道。

就在我害怕的時候文青卻依然大笑著，我生氣的問他有什麼好笑的？這到底怎麼回事？

「因為真的很好笑，我剛剛算了老半天，卻一直算出你要成親，我才在想你一個萬年單身的，怎麼可能成親？」

「成親？」

「你不是去了山裡？還莫名奇妙跑出一片野菜田跟一頭野豬讓你們吃一頓？」

「對啊。」

「正所謂無功不受祿，古人又云：事出必有因，那些野菜跟山豬就是聘禮，聘禮都收了，人家是來催你過門的。」文青拱手道：「恭喜啊堂弟，現在身上沒現金，改天我再包個紅包給你。」

「你別在那邊說風涼話了，這怎麼解啦！」我生氣地說道。

「千山多陰，百鱗藏身』，看這紋路應該是蛇精，現在有兩個方案，一個順著來，一個逆著來，你選哪個？」

「順著來怎麼弄？」

「我挑個黃道吉日，帶幾個廟裡的年輕人一路敲鑼打鼓上山，風風光光的把你送過門，之後再把對方請回家供著，初一十五鮮花素果祭拜，保我們家中世代平安，財源滾滾，萬事如意，子孫滿堂。不過就要委屈堂弟你終身不娶，但你應該沒差吧？」

「你這是把我賣了吧？逆著來呢？」

「逆著來就是我現在開壇作法，使出我的畢生功力跟那蛇精大戰三天三夜，不過對方修練有些時間了，這一仗下來我應該能贏，但恐怕會功力消耗過大，傷身。」

「這個好這個好，拿你身體換你堂弟貞操，不虧。」

「不過有個問題，這類山裡精怪特別愛記仇，更別說對方已經做足了禮數，這樣硬來的話可能對你會有些影響。」

「什麼影響？」

「蛇除了代表心腸狠毒外，以前也常跟生產掛上關係，像是孕婦夢到蛇代表吉兆，生產順利，所以影響大概會往這方面去。」

「你的意思是說我會子孫滿堂？」

「反了，斷子絕孫，換句話說，終身不舉。」

聽到文青這麼說我臉都白了，走哪條都不對，但很快的我發現文青憋笑的表情，我立刻知道他是在玩我。

「哈哈哈！不玩了不玩了。」文青大笑道，轉身拿出了毛筆跟紙，洋洋灑灑的寫了一大篇文章，摺好後交給我。

「仙這字帶個人，修仙之前就要先修人，所以一般精怪都會去模仿人類行為，才會去娶妻嫁人，為的就是讓人類認為祂是人，這叫封正。」文青解釋道：「這祭文用現代角度來說的話就是分手信，大致上就是你何德何能，承受不住對方如此厚待，兩人此世無緣之類的。雖然對方討不到老婆了，但也算是幫祂封正，想必祂也不會再計較。」

「原來如此，你明明就有辦法還在那邊鬧我……等一下，你說討老婆？」我挖了挖耳朵，想確定自己沒有聽錯。

「對啊，那蛇精是公的，貨真價實的蛇郎君喔！」文青沒良心的大笑道。

「……」

接著我就在文青的安排下辦了一場簡單的祭拜，當我念完那篇祭文的時候內心五味雜陳，難以用言語形容，如果真的要說一句話來總結的話——再跟大鳥上山我就是狗！

「昔有一老農，入山為採藥，誤入蛇君地，獻女以換命。郎君喜娶妻，待女如至寶，錦衣身上穿，玉食口中嘗。大姨見此景，心中妒火生，殺妹剝其面，替身欺蛇君。蛇君初不察，大姨心中喜，妻魂歸作雀，雀口訴實情，大姨心中愧，投井以償罪。」——《臺妖異談》

09 燈猴

人生在世多年，小弟常感交友不慎，男性朋友數量遠大於女性朋友，用數學角度來說的話就是可忽略，但就算這樣，我還是有一位認識已久的女性朋友，我們暫時稱她為修女，一來她確實是信基督的，二來她真的是一個超級大好人，三不五時會跑去做義工的那種。

我跟修女是從高中認識的，那時她是學校團契社的成員，其實到現在我還是不太懂團契社是什麼，好像是跟基督教有關的社團，主要會做一些宗教宣傳和服務性活動之類的？總之大概就是這樣子的社團。

那時我和班上的幾個同學正從福利社買完午餐出來，就看到修女和其他社團的成員站在福利社外，手上抱著募款箱，旁邊貼著募捐的海報，是為了什麼募捐我已經忘了。

修女長的很漂亮，要形容的話大概就是齋藤飛鳥那種可愛型，看到她的當下我連直接加入團契社的心都有了；於是我抱持著十分不純潔的想法，掏出了剛剛福利社找零剩下的錢全部投入了募款箱。

我甚至讓身旁的朋友也把錢掏出來，他們一開始是不願意的，推說這個月手頭緊，身上沒帶錢，但我跟他們說他們出多少，我加利息還給他們，他們竟然不知道從哪裡拿出了一千元，而且是每人各拿一千，果然交友不慎，佔便宜絕不手軟。

修女看到我們捐了那麼多露出了驚喜的笑容，讓原本在思考接下來三個月吃土的時候要吃哪邊的土才不會拉肚子的我瞬間暈船。

修女感謝我們的愛心之後，說這周末有送愛心給街友的活動，問我們有沒有興趣當志工，那時候的我別說當志工了，讓我去捐內臟都沒問題，暈船的人真沒人權。

於是那個周末我就跟著團契社去當志工了，我們那附近的火車站有很多街友，多半聚集在地下道跟天橋，有些運氣好一點會鋪一張簡易床鋪，四周擺些鍋碗瓢盆和生活物品，看上去勉強能生活；困難一點的就只有用紙箱做出個勉強能窩的地方，彷彿下一秒就會被風颳走。

團契社在地下道的入口擺了幾張桌子，上頭除了放著兩鍋熱好的湯外還有生活物資包。這不是團契社第一次辦這樣的活動，因此街友們也知道流程，井井有條的拿著各自的餐具排著隊，盛完湯後領份物資包就各自回去自己的地盤。

因為我第一次來，修女作為邀請我的人便和我一組，我們的工作很簡單，就是拿著準備好的物資包一個個發下去，順便跟他們噓寒問暖一下。在發放的過程中修女竟然記得每一位街友的名字和他們的身體狀況，像是莊伯伯畏寒，她多給他一條毯子，劉阿姨牙齒不好，她便自己買了些沖泡燕麥給她。

至於我這邊的話，不知道是不是我的錯覺，好像有一些街友是在瞪著我，甚至接過物資包的時候還低聲跟我說，如果我敢對修女出手的話就死定了，重點是還不只一個人這樣跟我說，看來修女真的是備受寵愛。

當東西發的差不多的時候，修女叫我拿起一份物資包，她則是裝了一碗湯後讓我跟上。

我們兩人走到了地下道的角落，一名街友老伯正蜷曲在紙箱上背對著來往的行人，和其他街友比起來老伯的生活物件就稀少許多，只有一條毯子跟鋪在地上的紙箱，奇特的是，明明地下道燈火通明，他卻在面前點了一盞蠟燭。

修女一邊把東西放在老伯面前一邊關心著對方，從修女的話中我也知道了他叫侯伯伯。面對修女的噓寒問暖，侯伯伯不發一語地依舊背對著，看著他這樣的態度我有點惱火，但修女的表情完全沒有一絲不耐，我也不好說什麼。

修女一邊叮囑著侯伯伯最近晚上會冷要多保暖，一邊拿出一條毯子就要給他蓋上，這時侯伯伯突然轉過身抓住了修女的手腕，修女嚇了一跳，手上的毯子掉在地上。我下意識的衝上前，這時我才看到侯伯伯的眼睛，琥珀色的瞳孔佔據了大部分的眼白，比起人類更像是動物的眼睛，像是猴子。

我正要伸手分開他們兩人時，修女搖搖頭示意我沒事，接著溫柔問向侯伯伯是不是有哪裡不舒服？而我清楚的聽到他回答道：「妳三日之內，定有災禍，使妳求生不得，求死不能，殘疾一生，孤苦伶仃。」

此話一出，就算是天使般的修女臉上也出現了害怕，我生氣的揮開他的手站到修女身前。

「人家好心來幫你，你怎麼詛咒人家！」我大聲罵道，四周路人的目光都看了過來，但侯伯伯不以為意，咧開了嘴笑著，指著我道：「至於你，面帶桃花，命似潘安，必享齊人之福，且終生平淡，波瀾不起。」

話一說完他便又背對著行人躺了回去，繼續盯著眼前的蠟燭。我不太理解他最後對我說的那些話，但他剛剛對修女的那番話讓我還在氣頭上，正當要上前繼續找他理論時，修女抓住了我，臉上掛著苦笑，讓我冷靜點不是什麼大事。

修女和侯伯伯道別後我們兩人便走回集合地點，一路上我還是很生氣，修女則是跟我說每個人都有每個人的難處，重點是既然對方需要幫助，那我們就要盡力幫助他。

雖然這次的愛心活動有些波折，但我順利取得了修女的聯絡方式，算是成功的第一步，過了幾天當我正想要約修女出來吃個飯，可以的話再去個僻靜的地方討論人生意義的時候，修女竟然先聯絡我了，接著她說的事讓我十分驚訝。

原來活動完的三天後，修女路過一座大樓的工地時突然吹來一陣強風，不知哪來的沙子吹進了她的眼睛，修女便停下腳步揉了揉眼睛；就在這時候工地貨車上載著的鋼樑突然掉落，剛剛好插進了修女前方的地面，距離修女只有一步之遙，看到這一幕修女當下就昏倒了，在醫院躺了一天。

她想起侯伯伯當初說的話，便覺得侯伯伯當初是在提醒她，所以希望我陪她再去一趟侯伯伯那順便跟他道歉。

當我們兩人回到侯伯伯的家時他卻消失不見了，修女問了周遭的街友們，他們也說不知道，他就這樣憑空消失了。

多年過去了，我跟修女還是保持著一定程度的聯絡，現在的她已經是三個小孩的媽，而且和她老公十分恩愛，至少和侯伯伯說的孤苦伶仃相去甚遠；至於我則是一直單身，雖然修女有幫我介紹過教會的女生但總是不順利，就像冥冥之中有股力量在干擾我一般，應該是我的錯覺吧！

「掌燈之神，樣貌似猴，吐言不真，言語不實。欺騙天帝，水淹全島，東窗事發，罪囚其身。」——《臺妖異談》

10 金鱗火焰鱷

這次的故事和之前那篇有點關係，還記得我被蛇郎君看上眼差點被娶過門吧？但這不是重點，重點是我成功跟其中一位女生搭上了線，卻因為那條臭蛇害我每次要去約會之前都會出意外而泡湯，事情解決的當下我終於可以去赴約了。

我一開始有想過對方是不是抱持著不純的動機來接近我，像是直銷或是保險，但就算是這樣也沒關係，要知道人生有時候就是缺個機會，現在機會終於來了，傻了才縮，不過就是花點錢嘛，不心痛。更何況對方說不定真的對我有興趣，單身這麼多年，總該來一次桃花了吧？

抱持著魯蛇不怕開水燙的心態，我和對方來到一間咖啡廳，一路和對方聊下來她都沒問起我家裡是不是有年邁父母或是對被動收入有興趣之類的話題，讓我有些放下心。

大概聊了三十分鐘後，對方突然話鋒一轉，說有件東西希望我能看一下，同時拿出了一對金珊瑚耳飾。當下我就知道，這是那種嘛，詐騙宣導影片常常出現的那種嘛，說什麼這是高價藝術品或是開運飾品啦，之後會漲啦，買到賺到啦，我都猜到了啦，反正我就是不配有美好的邂逅，哭啊！

「這是受到詛咒的耳飾。」

這個展開倒是超乎我意料，這就是二〇二五年最新的推銷話術嗎？

其實事情不是我所想的那樣，跟對方聊的更加深入後我了解到，原來大鳥當初在聯誼時有努力的介紹我，提到我很常遇到這種玄幻的事，對方才對我提起興趣。

這副耳環是她從剛過世的奶奶那拿到的，雖然樣式老氣戴不上，但她很珍惜地收在身邊。

不過在兩個月前，她開始斷斷續續做起了惡夢，通常是她溺在水裡沒辦法呼吸的情景，她有試著去找專業人士幫忙，但那價錢讓她有些卻步，之後聽到了我的事情就想詢問一下我的經驗。

沒想到我這撞妖體質竟然還能用來把妹？我以前遇到的各種妖魔鬼怪們，我在這邊先謝過你們，果然人生中的磨練都是為了之後的美好。

不過撞妖我內行，收妖真外行，她問我算是問錯人了，但我怎麼可能這樣回她？老子脫單就靠這次了！總之我先瞎掰了一些什麼珊瑚招陰氣引來四周孤魂野鬼，所以要把耳環收回去好好淨化之類的話，先把耳環收了下來，這樣之後就可以用耳環當藉口約她出來；我當下真的佩服我的聰明才智，反正真出什麼事就丟給文青，妖怪他收，妹子我追，應該沒什麼問題吧！

結束和對方的約會回到家時，我還是多少把那耳環拿出來端詳了一下，不過並沒有感覺到什麼東西，頂多摸起來涼了點，說不定她作惡夢只是心理作用；這樣就更好了，她一定以為是我法力無邊幫她解決，肯定會加不少分，到時候不管我要嘿嘿嘿還是哈哈哈都隨便我了。

就這樣我把耳環隨意放在床頭後，便抱持著下流的思想入睡。

當我再次睜開眼時，我人正坐在一艘小木船上，四周是一望無際的汪洋。Oh Shit，看來不是心理作用，這耳環真的有問題。

我深呼吸了一下很快的就冷靜下來，不過是做個夢而已，更慘的我都遇過，所以我直接躺在船上準備睡他個第二輪；但躺下後船卻開始有不正常的晃動，我緊抓著船的邊緣張望四周，風景卻跟剛剛沒兩樣，海面依舊風平浪靜。

下一秒，有什麼東西從下方把船用力頂起，我就這樣被頂到了半空中後掉進了海裡，死鹹的海水迅速灌進了我的口鼻，一股強烈的窒息感傳來。我掙扎地揮舞著雙手卻抓不住任何的東西，就這樣往漆黑的海底沉了下去，更要命的是我竟然醒不過來。很快的，我連揮舞雙手的力氣都沒有了，就在我覺得要死掉的時候，看到了一簇金黃色的亮光在遠方亮起，接著那亮光往我迅速靠近，同時越變越大，我下意識的伸出手，以為那是我的列祖列宗顯靈來救我的。

當亮光越來越靠近我之後，我才發現那是一頭五公尺長的巨大鱷魚，牠全身佈滿金色的鱗片，絢麗的就像陽光灑落，而且明明是在海中牠身上卻燃著微微火焰。我雖然不是專業的，但鱉確定我列祖列宗應該不是鱷魚，起碼不是爬蟲類，不過我還是覺得自己有救了，覺得牠應該會像兒童動畫演的一樣把我背在背上帶回去吧？

不過對方卻完全沒有減速，高速往我衝來，而且不知道為什麼，我總感覺牠好像在生氣？我還來不及思考就看到鱷魚張開了血盆大口，裏頭佈滿著森白的尖牙，光是用看的就讓人心頭一涼。

嗯，看來不是來救我的呢。

這時明明已經筋疲力盡的我不知從哪又生出了力氣，死命地游離那頭鱷魚，但是我還沒游出兩公尺，對方已經把我吞入了口中。

我當下大叫了一聲從床上坐起來大口的喘著氣，從窗簾透進來的陽光告訴我已經醒來了。我用發抖的雙手摸了摸胸膛，一顆小心臟正撲通撲通的跳著，同時身上的衣服也幾乎被冷汗浸濕了。

我再次回想了剛剛的夢境，尤其是最後的那一段，在被鱷魚吞入口中的同時我感受到一股憤怒，而且我對那感覺有那麼一點熟悉，就是那種生氣、憎恨，又帶著些許無力跟不甘的那種……對了！就像上次遊戲出了限定女角，我沒抽到我朋友卻抽到，所以我只能眼睜睜看著我老婆躺在別人手機裡的那種感覺！

看了眼放在床邊的耳環，再結合我長年的撞妖經驗，我勉強猜到了是怎麼回事。當我準備下床去浴室沖個澡，並發誓這輩子不再去看Discovery鱷魚紀錄片的同時，卻腳下一滑重重的摔到地上，我在地上痛苦翻滾的時候才發現地板不知道什麼時候全溼了，而且這水還是鹹的！一定是那臭鱷魚搞的鬼！

最後我的左手骨裂了，醫生說要兩個月才會好。對方看到了我用繃帶固定的左手便心急的關心我，我當下心中暗爽，但還是故作帥氣的裝沒事，同時問她奶奶當初這副耳環有沒有跟什麼東西配套？

她想了想，回說這耳環沒有特別跟什麼東西搭配，都是跟其他首飾收在盒子內，不過盒子被別的親戚拿走了。我又問她盒子長怎樣？她回說沒什麼特別的，就是那種老式珠寶盒，不過上頭有用鱷魚皮裝飾。

這下事情解決了，我便跟她說這耳環離不開那盒子，讓她把盒子拿過來耳環收裡面就沒事了。

她一開始半信半疑，但死馬當活馬醫，姑且照著我說的做，結果真的再也不做惡夢了。同時她知道我的手受傷是因為那耳環便說要補償我，正當我心想終於可以嘿嘿嘿跟哈哈哈的時候，她熱情的跟我介紹他們公司最新的健康保險。

只要受傷有自費就醫紀錄的話不論大小都可以理賠，一個禮拜少喝一杯飲料的錢就可以享終身權益，另外，骨頭的傷有可能影響後半輩子，建議我買一份長照險，再來就是為了我人生規畫，還有一份儲蓄險跟投資險可以推薦。

當下我只想哭，不是因為骨裂很痛，是心痛。

結果她還是來賣我保險的嘛！

「澎湖狂風暴雨，濤湧翻天。次日，波息浪恬，一魚長二丈餘，四足，身上鱗甲金色，邊有火焰奪目，從海登陸。」——清．江日昇《臺灣外記》

「西嶼有珊瑚二株，廣可四圍，長數丈許，水百尺深，赤色，下有魚龍守護，鐵網不可取也。」——清．崔灝《臺陽筆記．珊瑚樹記》

「西嶼一青年，捕魚為其業。一日風雨作，誤入龍宮城。城中一龍女，貌美似珊瑚。青年心傾慕，龍女情暗動。龍王知消息，怒氣震四海。龍女化珊瑚，海中不見日。青年化魚龍，終生不得復。龍女心中悲，青年無怨悔。既珊瑚不見日，自身便為日，鱗片化金作燦日，通身燃火當熱陽，是為金鱗火焰鱷。」——《臺妖異談》

11 魔神仔

大學有參與過系上活動的人大概就會知道所謂的露營活動，就是學長姐舉辦一個三天兩夜的露營，期間還有許多活動跟表演，當然絕不能忘的就是DokiDoki的戀愛發展！當看到平常嘻嘻哈哈的學長帥氣的舞姿，一股異樣的感覺悄悄在心中萌芽，慢慢的就對學長在意起來的這種發展！或是吃完宵夜後被學長約出去看星星，當學長指著天空的星星，朗朗道出每個星座的浪漫故事，漸漸地自己的目光從天空的星座轉移到學長知性的側臉，心中滿是悸動的這種發展！

全部跟我沒關係！

一來肢體協調性爛成狗的我根本不可能去跳舞，二來根本沒有學妹會被我半夜約出去，但是這不代表我已經放棄了，為了可以跟學妹們有最大程度的互動，我直接跪在主辦人面前求他讓我加入活動組，只差沒幫他舔鞋子了。

原本應該是個高高興興合理騷擾學妹的場合，卻有一個很大的問題，那就是活動辦在山上，其實山上也沒什麼，蚊蟲多了點、訊號差了點罷了；重點是大鳥也在，別忘了之前每次跟他上山必出事，這一路說來都是血和淚，太多故事了。不過這次的活動這麼多人，我就沒多想，滿心只想著要怎麼做才能在學妹們心中留下深刻印象。

但我這篇都寫出來了，那肯定是出事了。

礙於文章篇幅，我們不贅述，直接快轉到露營第二天。

露營第二天最大的重頭戲就是夜教，其實就是學長姐布置的鬼屋，老傳統了。夜教的內容很簡單，隊輔帶著小隊員們從我們所在的山腳出發，一路走到半山腰的一棵老樹下再折返，中間布置了許多嚇人的點，經歷每個點拿到全部道具後才算過關。

這種活動多少都帶點陰，所以會特別叮囑小隊員們，像是不要叫別人名字、不要穿紅衣服、不要拍肩膀跟頭，同時每個人都發一些糖果，覺得不對勁的時候就拿糖果往路邊扔，意思就是糖果當過路費，不要來纏我之類的。

另外，對玄學特別有研究的一眉兼靈異研究社社長，有到常去的廟求了許多平安符，並告訴我們要記得收回來，之後還要跟金紙一起燒掉，感謝神明保護。

這裡我有一個天大的失算，大家應該都知道「吊橋效應」吧！就是在極端環境下男女之間就會DokiDoki的發展戀情，而夜教不用說肯定是極端環境，也就是說我當初根本不該去活動組，應該去隊輔組才對！而且夜教過程隊輔還必須牽著小隊員的手，緊緊的！牽著！我當初真是白跪了。

發現這件事之後我也沒了興致，便自願留在山腳下等人回來；很幸運的當天活動沒有下雨，活動過程也順順利利，那時卻有一組回來的特別晚。

正當我們商討著要不要派人上去找的時候，那一組回來了，奇怪的是其中一名學妹正被攙扶著。隊輔說路途中她在山坡上滑了一下，學妹的腳扭到所以回來晚了，但是當他們交回護身符時，那名學妹說她的找不到，可能是滑下山坡時掉出來了。

原本我沒有想太多，只打算等等再跟一眉說一聲，少一個應該沒差吧？但是看著學妹走回宿舍的身影，一股違和感在我心中出現。

那位學妹是所謂的文學少女，ＩＧ上總是會ＰＯ今天又買了哪位作家的書跟一些短書評等等，而她端莊的儀態也增添了一股氣質，不過此時的她卻是佝僂著背一拐一拐的走著路。

我在心中告訴自己腳扭到了，走路一拐一拐很正常，但是內心還是不踏實，所以我迅速把東西收拾好之後，回到宿舍找到了那位學妹，以一名帥氣可靠學長的身分關心她的腳，她卻只是笑笑的回答我沒事，我問她改天要不要一起出去玩好好培養感情，她也笑笑的回我說沒問題後就被她的朋友叫走了，留下我一個人在原地沉思。

不對勁，非常的不對勁。

我記得很清楚，上次約她出門時，她拿著剛買的精裝版紅樓夢狂野的Ｋ著我，不愧是四大名著，那攻擊力還挺高的。這次竟然答應跟我出去？要不是她剛剛滑倒時撞到頭，就是她終於被我的魅力折服……我自己說出來都不太信。

八成是在山上的時候出了不好的事，更別說學妹的護身符還不見了，一般人可能會覺得這沒什麼；但我可不是一般人，至少經歷不一般，有時候事情就是那麼邪門。雖然我很想相信我的個人魅力，但凡事還是小心為上，所以我向隊輔問了他們走過的地方後便要上山巡一趟，還順便帶上了大鳥。

說實話，真的要進山的話，沒有比大鳥更值得信任的。

我隨便跟大鳥說早上布置的時候有東西忘記拿，他也沒多問，拿起手電筒跟開山刀就跟著我走，我已經懶得吐槽為什麼有開山刀了。

晚上的山很冷，而且是刺骨的冷，吸進的空氣彷彿可以凍結肺部，而且今晚雖然沒下雨但是雲很多，把月亮都遮蔽了起來。即便我們布置時已經有準備照明設備，路上還是特別黑，如果只有我一個的話還真不敢上山，幸好大鳥在旁邊有一搭沒一搭的說著話，一會說他家的貓很可愛，問我什麼時候要再去他家；一會說天上的星星很漂亮，說起了他們原住民的星座故事。

我隨意的回著他，同時集中精神感受著四周，目前卻除了冷之外沒有感受到什麼。

很快的，我們來到了學妹跌倒的山坡前，那山坡不陡，但也足夠讓人滾下去了，白天看還好，晚上坡底漆黑一片，看上去就像個無底洞。我小心的往山坡走去，大鳥原本有阻止我，我說我只是下去看一下有事情會喊他。

順著坡勢我很快的到了坡底，不知道是不是錯覺，總感覺坡底比上面還冷一些。我用手電筒稍微掃射了一下，除了樹叢外沒看到什麼東西；但就在我準備爬上坡離開的時候，眼角瞥到一個熟悉的東西，一眉求來的護身符正掉在一叢樹叢的前面。

我走過去蹲下正要撿起來的時候，更不得了的東西映入了我的眼簾，一隻女生的手正半伸在樹叢，如果不是蹲下來仔細看根本察覺不到。

當下我立刻大聲呼喚大鳥並趕緊把人從樹叢中拉出來，拿起手電筒一照，那人竟是那個文學少女學妹?!此時的她緊閉著雙眼，面色蒼白，身上滿是樹枝刮出來的傷口，看上去狀態非常不好；可是如果她人在這，那我剛剛在山下遇到的是誰？

我還沒思考出答案大鳥便已經到了，他雖然驚訝卻還是先檢查學妹的狀況，確定沒有外傷只是昏迷後，大鳥便把人背上，我在後面推著他，兩人一前一後的爬上了坡。

當我們回到山下後，負責人立刻打電話叫救護車把學妹送下了山，至於假學妹則是憑空消失了，找也找不到。

隔天活動草草結束，大家回到學校後我便去醫院探望學妹，順便看看有沒有什麼後遺症，學妹知道是我執意要上山救她，就說她對我改觀了，原本以為我只是個變態。

信不信由你，從那之後我和學妹的距離越來越近，最後就在一起了，而且幸運的是，我倆的愛情在畢業後也沒有消滅。我出社會五年後便向她求婚，現在已經有兩個孩子了；更神奇的是，從那之後我再也沒遇到怪奇事件了，每天下班回家就是看到可愛的孩子跟漂亮老婆煮的美味飯菜，真沒想到學妹這麼會煮。

所以這篇就是故事的最後一篇了，說來也奇怪，明明當初只想寫短篇卻寫了那麼多，謝謝大家一直以來的支持。

不說了，晚餐煮好了，呵，愛情的滋味真甜美。

「臺地有所謂魔神者，能作幻境迷人。」——《臺灣日日新報》

「山精水怪，以幻覺作弄人。被困者如陷夢境，山珍海味，麗人美酒，無一不全。」——《臺妖異談》

——「醒醒！醒醒！」伴隨著男子急促呼喊聲的還有救護車刺耳的鳴笛聲，我睜開了沉重的眼皮，看到大鳥一臉擔心的看著我。

我正想開口說話，全身突來的刺痛卻讓我說不出話來，我看了看四周，如果我理解沒錯的話，我人應該躺在救護車上……這都是個啥？發生什麼事？我的賢慧氣質文青學妹老婆呢？而且我身體怎麼那麼痛？嘴巴裡還有股怪味？

我試圖掙扎起身，一旁的醫護人員看到又把我壓回去，同時還打了一針鎮靜劑，所以我又睡了過去。

第二次睜開眼我就已經躺在醫院的床上了，隔天，大鳥來探望我的同時跟我說起了事情的真相。

當初我走下山坡時其實一腳踩空滾了下去，我會全身痛大概也是因為這樣，大鳥見狀趕緊跟下去，不過他沒有見到我躺在地上哀號，而是像個沒事人一樣站在那。他當時雖然疑惑但也看到了掉在地上的護身符從而找到了學妹，之後便和我一起把學妹送下山，而那假學妹依舊找不到。

到了隔天，大家準備要坐上遊覽車回學校的時候，大鳥發現我有點異常就想起了學妹的事，便請求負責人讓他帶點人上山巡一下；最後出動全班搜山的情況下，一樣在那山坡下發現了我，而且我的位置藏的比學妹還隱密，傷勢也更嚴重，嘴裡甚至塞了一堆爛樹葉跟蟲蟲，我還津津有味的嚼著。

聽到大鳥說完後我立刻拿起一旁的垃圾桶大吐特吐，我問大鳥怎麼發現我不對勁的？他說他看到學妹叫我學長時，我只有點頭回應而不是騷擾她。

好樣的，不愧是我兄弟。

總之事情就這樣結束了，學校老師聽到有人出事後就禁止我們再辦夜教，而學妹因為傷勢比我輕便比我早出院，在她出院之前還特別過來跟我道謝，對了，還帶著她的男朋友一起。

呵，失戀的滋味真痛苦QQ

「臺地有所謂魔神者，能作幻境迷人。」——《臺灣日日新報》

「山精水怪，以幻覺作弄人。被困者如陷夢境，山珍海味，麗人美酒，無一不全。夢醒時分，所見金玉皆為敗絮。」——《臺妖異談》

12 椅仔姑

有一次期中考周，我正在備戰下禮拜的一堂考試，如果這次再沒考好的話我肯定被二一，可能有人不知道什麼是二一，簡單來說，那堂課沒過的話我就要被退學了。

雖然是生死關頭，但大家都知道，人在讀書的時候總是會搞怪，像是突然開始大掃除或是出門運動之類的，欺騙自己這樣可以讓讀書更有效率，事實上並沒有，而那時的我就決定出門散步。

走著走著，我路過附近的一間麵店並停下了腳步，也不是說我餓了，只是看到一名同學正愁眉苦臉的坐在裡頭，經驗豐富的我一看就知道那肯定是被甩了才有的表情。雖然我和那名同學沒什麼交集，也就是叫得出名字的關係而已，但憑這個表情我跟他今天開始就是生死之交，在這裡暫稱他為八點檔，至於為什麼你們接著看就知道。

總之我看到八點檔如此難過，便走進了店裡坐在他面前，同時高聲跟老闆說道：

「老闆，來一碗餛飩乾麵，肉燥肥肉多一點，然後切一顆滷蛋給我對面這位兄弟。」

八點檔抬起頭一臉的不解，我舉起手示意他不必多說，開口道：「兄弟別說了，女人就沒一個好東西。」

八點檔感動道：「你能懂我嗎？」

「這不是當然？」我拍了拍胸膛，只要是失戀的男人都是我兄弟。

「謝謝你，其實我和我女朋友……」

聽到關鍵字的我不等他說完，站起身跟老闆說道：「老闆，滷蛋不用了，餛飩乾麵改外帶，錢算我對面這位叛徒身上。」

「我和我女朋友分手了。」

我又坐了回去說道：「老闆，還是改內用，另外再切個豬耳朵跟大腸，再來兩片豆干。」

「因為我們其實是同父異母的兄妹。」

「老闆，滷味跟麵不用了，有沒有爆米花？欸？還真有？」沒想到出門散步還有戲可以看，賺。

八點檔瞇起眼說道：「你怎麼好像很開心的樣子？」

「沒有沒有，百分百是你的錯覺。」我抓起一把爆米花說道。

「算了。」八點檔嘆氣說道：「自從我從黑道手中救下我女朋友後……」

「等等，黑道？」這詞彙好像不應該在大學生的戀愛故事裡出現。

「對啊，那時候她因為父母的債務被黑道追殺，我剛好路過把她救了下來。」八點檔解釋道：「她家人當初投資蛋塔工廠借了一堆錢，結果突然倒閉，錢也還不出來。」

「那你救了她之後呢？」這故事比我想的還精彩，我當初應該點雞排的。

「當然是打算幫她還錢，但我一個窮學生實在沒辦法一口氣還出來，只能跟她一起打打零工，加減還錢。」八點檔說道：「那時我跟她在一間燒烤店工作，老闆知道我們的遭遇後有給我們高一點的薪水，但有一天那群黑道還是鬧到店裡來，說要把她賣去酒店。」

「幸好那間店的老闆出面幫我們解圍，好像他之前也是道上混的，混的還挺大的，對方聽到他的名字後就不敢再來，也不算我們利息了，估計再工作個兩三年就能還清了。」

「你沒在跟我開玩笑吧？」這就是二〇二五年的大學生愛情故事嗎？說好的酸酸甜甜呢？怎麼只有狗血？

「當然沒有。」八點檔搖頭說道：「等事情穩定之後，我把我女朋友帶去見我父母，原本打算畢業之後就結婚的，但是過程中我爸的神情一直很詭異，後來我女朋友回去後他才告訴我她可能是我妹妹。」八點檔摀著臉說道，看上去十分傷心。

「我打個岔，你爸現在人還好嗎？」

「還行，被我媽打斷的左腳快好了，但換右腳被打斷了。」

「還好，沒死人就好。」我慶幸道：「所以你就跟她提了分手？」

「不是，是她跟我提的。」八點檔說道：「我跟她說完後提議去做DNA鑑定，想讓一切清清楚楚，但她卻拒絕，說她承受不起真相的沉、真相的重；與其被血緣萬千阻擋，不如當作是雙方不合而分手，讓我們快樂、美麗、珍貴的時光永遠的停留，不是那時，也不是那刻，就是當下。」

「怎麼風格從民視變瓊瑤了？」

「你說什麼？」

「沒事，我自言自語。」我回道：「那現在呢？」

「現在？現在我就坐在這吃麵啊。」八點檔低頭道：「我真的不知道怎麼辦了。」

我現在的心態已經從去死去死團搖身變成吃瓜群眾了，說實話我還挺想讓他倆可以重新在一起，這麼精采的故事如果以後聽不到了怎麼辦？咳，我是說幫助同學是理所當然的，人之本分。

這時我想起了不久前另外一位朋友跟我提起的活動，開口跟八點檔說道：「既然自己不知道怎麼辦的話，要不要去問問？」

當天晚上我帶著八點檔來到教學大樓的一間教室，在那裡等著的正是我那位精通卜卦兼靈異研究社社長的同學，一眉。

看到我出現一眉有些驚訝，說道：「我以為你忙著考試，應該是不會來了。」

「放鬆身心嘛，八點檔你認識吧？」我拍了拍八點檔的背。

「認識啊，之前出車禍失憶的同學嘛。」一眉說道。

「什麼？」這環節我早上怎麼沒聽到？

「另外一個故事了。」八點檔說道：「有機會再跟你說。」

不等我深究發問，一眉便切入正題道：「你們問題都準備好了嗎？」

靈異研究社常常會辦一些奇特的占卜活動，除了社員也歡迎外部人員參加，像是之前的「聽香」。一眉上個禮拜就有問我要不要參加這次的活動，但那時因為接近期中考周就沒答應他，不過剛好遇到八點檔這事就帶他一起過來了，絕對不是因為我在逃避念書。

「椅仔姑。」一眉解說道：「這是我們這次要用的占卜方式，臺灣以前會在特殊節日的時候用這方式占卜，像是中秋、元宵之類的。」

一眉指著一張被放在桌子上的椅子說道：「椅子上綁了一支飯勺，上面我簡單畫了鼻子、眼睛及嘴巴代表椅仔姑的五官，椅子上的紅布代表衣服，椅子是身體。」

接著一眉指向被倒放在地上的水桶道：「水桶上放著胭脂水粉、花、水果、剪刀跟尺，用來請椅子姑，不過胭脂水粉我用腮紅跟香水代替了，應該也可以用。」

一眉繼續說道：「最傳統的儀式應該要是純潔的少女，俗稱處女來請椅仔姑，再不然至少也要是女孩子。」

一眉一說完，我期待的環顧四周，現場卻除了我們三人外就沒別人了。

「女孩子呢！」我發出了來自靈魂的質疑。

「原本是有的。」一眉扶額道：「但我說你會來之後她們突然都身體不舒服。」

「那就沒辦法了。」我點點頭，最近天氣變化大，身體有些狀況也是正常的……我沒哭，我很堅強，只是眼睛會流汗。

「不好意思。」八點檔舉手道：「這怎麼聽起來跟碟仙那類的有點像，這樣不是很危險嗎？」

「對齁，這樣不是很危險？」八點檔這樣一提我才察覺到，遇到太多怪事讓我都麻痺了。

聽到我們的疑問，一眉解釋道：「確實這種請靈儀式總是有風險，不過椅仔姑以前是在喜慶的節日給小孩子玩的占卜，更像是遊戲；再來我也特別挑了日子，今天諸事皆宜是大好日子，更別說我們三個棒子請不請得來都不一定。」

「請不來怎麼辦？」八點檔有些慌張地問。

「沒事，那之後我再幫你卜一卦。」一眉拍了拍他放在胸口的龜殼，這人也是個怪人，整天拿著他那龜殼走來走去，有幾次連午餐吃啥都拿那龜殼在算，我的朋友怎麼就沒個正常的？

一眉關上了教室的電燈，只用微弱的燭光照明，我們三人將椅子舉起，一眉用台語不斷重複念誦：「椅仔姑，椅仔姐，請您姑姑來坐椅，坐椅定，坐椅正，正正有名聲，水桶頭扣三下來作聖。」

就在一眉念了快五分鐘，我準備開始打哈欠的時候椅子突然抖了一下，同時傳來了一股重量感，就像是有人坐了上去一樣，害我打到一半的哈欠硬生生收了回去。

一眉率先開口道：「椅仔姑，如果您來了的話請敲一下。」

「叩！」椅腳敲擊桌面發出了清脆的聲響，在深夜的教室格外響亮。

這感覺真的很奇妙，明明自己完全沒出力，椅子卻自己動了起來，我和一眉都還很冷靜，但八點檔的臉色就有些緊張了，手還在微微顫抖。接著一眉簡單的問了一下今天幾號跟他的年齡測試一下，而椅仔姑也敲出了正確的數字。確定應該沒什麼問題後一眉示意我先問。

「椅仔姑椅仔姑，請問我能交到幾個女朋友？」我問完後椅子卻一動不動，我疑惑的看向一眉。

「零吧。」一眉隨口說道，好像他早就知道答案一樣。

但我不肯死心，可能問的太籠統超出了椅仔姑的處理能力，於是我問道：「椅仔姑椅仔姑，請問我在大學時期會交到女朋友嗎？會的話敲一下，不會的話敲兩下。」

椅子還是一動也不動。

算了，這也不意外，大學生的本分就該是唸書，交什麼女友呢？出了社會有擔當了才能給對方安全感，所以我又問道：「椅仔姑椅仔姑，請問我在出社會後能交到女朋友嗎？會的話敲一下，不會的話敲兩下。」

椅子不動如山。

也有可能是跳過交往階段直接結婚，所以我接著問道：「椅仔姑椅仔姑，請問我幾歲會娶老婆？」

沒有任何反應，就是張椅子。

「這壞了吧？」我忍不住向一眉問道，但就在我話剛說完，椅子就開始劇烈的敲擊著桌子，發出了強烈的「碰！」、「碰！」聲，連帶著我們的手也劇烈的搖晃著。

「怎麼辦啊!!」八點檔驚慌的說道。

「快點道歉！」一眉吼道。

「對不起對不起!!!」我不斷喊著對不起，大概喊了十分鐘後椅子終於停下來了，我們三人都疲累的喘著氣，這就是手搖店員的辛苦嗎？連搖十分鐘快死人了，手好像快斷了。

「呼……呼……換八點檔……」一眉說道。

八點檔調整了一會呼吸後問道：「椅仔姑椅仔姑，請問我女朋友是我妹妹嗎？是的話敲一下，不是的話敲兩下。」

「叩叩叩！」椅子敲了三下。

就說壞了吧，敲三下是什麼意思？但我不敢說出口，我怕她這次讓我們搖更久。

一眉解釋道：「她可能不太理解問題，看你要不要再說的清楚一點。」

於是八點檔把早上跟我說的故事簡略的重說一遍後又問了一次，但椅子卻沒有動靜。

「請問您這是不知道的意思嗎？」我謹慎的問道，這樣說應該安全吧？

椅子一樣沒有動靜。

八點檔問道：「您真的不知道嗎？」

「叩叩！」椅子敲了兩下，代表不是。我操，她這是不想理我了？

一眉想了一下後說道：「您是知道，但不想說嗎？」

「叩！」椅子敲了一下，代表是。

一眉看向八點檔說道：「這樣你還要問嗎？」八點檔嘆了口氣後搖搖頭。

「那我們準備送椅仔姑走吧。」

就在這時教室的電燈突然被打開了。

「你們在幹嘛！」警衛大聲喊道。突然的驚嚇再加上剛剛劇烈搖椅子讓我們的手有些無力，一時之間沒抓穩，椅子就從我們手中掉了下去。

「啊！」我們三人大叫了一聲，有常識的都知道，玩這種降靈儀式在結束之前手是不能放開的，不然會出大事。

「大半夜的聚在教室裡幹嘛？剛剛還發出這麼大的聲音，是不是偷吸毒？」警衛盤問道，於是一眉上前解釋，並拿出教室借用單。

好不容易把警衛打發走後我們三人看著躺在地上的椅子。

「怎辦？」我問道。

「沒辦法，先把東西收一收吧。」一眉說：「等等我各給你們一張平安符，自己回去之後注意狀況，有事聯絡。」

「欸？就這樣！」八點檔驚慌道：「難道不用做什麼嗎？像是去廟裡之類的？」

「你覺得需要嗎？」靈異研究社社長的一眉看向我問道。

「有出事再說吧？」已經看過各種大風大浪的我回答。

「出事就來不及了吧！」唯一的普通人八點檔喊道。

一眉說道：「我覺得不用太擔心，前面說了，椅仔姑算遊戲的一種，以前是給小孩子玩的，應該不會出什麼大事，而且真的出事的話也不會找上你。」一眉說這段話的時候是看著我說的。

「又是我嗎？我這次什麼都沒做……吧？」我突然想起剛剛為什麼我們會搖到手痠，完了，看來是真的會來找我了。

以防萬一我們還是集體去廟裡走了一圈，我則是多捐了兩百元香油錢求個心安。

令人意外的是我竟然一夜好眠，我原本都做好被鬼壓床的心理準備，看來椅仔姑應該是自己走了，但是過了兩天後，八點檔打電話來了而且語氣還很緊張。

那天回去之後他就感受到一股視線不斷盯著自己，原本以為是心理作用，但是兩天來這種感覺卻一直沒有消退。

今天早上起床的時候竟然看到一位小女孩正蹲在房間角落看著自己，他當下大叫一聲小女孩也消失不見，之後趕緊打電話給我，我便找一眉商量；最後我們決定今天晚上再請一次椅仔姑，而且這次要正確的送走她。

這次換到八點檔家裡，我和一眉各自準備好東西帶了過去，俗話說一回生二回熟，我們很快的就請到了椅仔姑，接著一眉開始請椅仔姑回去，但溝通了好一會她竟然不肯回去。

「請問您是因為我們上次沒照步驟做生氣了嗎？」一眉問道。

「叩叩！」看來不是。

「那是要其他供品？」一眉再次問道。

「叩叩！」也不是。

後來一眉又問了好幾個，但都被椅仔姑否定。

我思考了一會，得出了一個既荒謬又合理的答案，「您該不會是想留下來看戲吧？」我問道。

椅子毫無動靜，所以一眉又問了一次一樣的問題，「叩！」好啊，就是針對我，脾氣真差。

最後我們得出的結論就是，因為八點檔的戀愛故事實在太狗血了，所以她不想走，想留下來看會怎麼發展，她看開心了就自己會走。

「那她之前不回答我的問題是為什麼？」八點檔問道。

「她可能不想劇透你吧。」我說道。

除了八點檔偶爾會被嚇到外，事情並沒有什麼大不了，依我過來人的經驗，嚇久就習慣了。

「結果對方是來看戲的。」我嘆了口氣道：「真是的，浪費我時間，我要回去念書了。」不小心玩太久，快念不完了。

「念書？」一眉疑惑道。

「對啊，下禮拜不是要考XXX嗎？」

「那不是這禮拜考嗎？」一眉說道：「就是我們請椅仔姑的隔天，所以我以為你不會來了。」

「欸？」

就這樣，椅仔姑的事情結束了，最後八點檔的女友發現自己是被收養的，所以兩人並沒有血緣關係；但之後聽說八點檔長年住在國外的青梅竹馬回國了，而且他們倆小時候還有父母欽定的婚約，所以現在他夾在兩個女人中間十分兩難。

至於我，在我跪在老師辦公室門口半天的努力下，他終於同意讓我交一份五十頁報告加上打掃辦公室一個學期來避免被當。

「中秋之夜，兒女輩集庭中，以兩人扶一竹椅，上置女衣一襲，裝義髻，備鏡奩、花粉、刀尺之屬，焚香燒紙，以迓紫姑。至則其椅能動，問以吉凶則答。如聞呼嫂聲，則神忽止。」——日．連橫《雅堂文集》

「昔有三歲女，遭惡嫂所虐。每佳節之際，待閨齊聚堂。竹椅作姑身，飯勺化五官，紅布乃女衣，桶上置供品。喚姑答解惑，姑娘何時嫁？切記勿呼嫂，恐姑立離去。」——《臺妖異談》

鄭重提醒，雖然文中以無害的方式描寫，但這類儀式不能保證沒有任何危險性，切勿模仿，切勿模仿，切勿模仿！

13 墓坑鳥

天有不測風雲，人有旦夕禍福，死亡離我們其實很近，也正因為意料之外所以才叫意外。雖然聽起來很像保險在拉單，但這真的是值得思考的問題，如果那一天真的到來了，那自己的身後事該怎麼辦？

那是我大三夏天發生的事，大學內上課的教室通常不盡相同，有時甚至上課的大樓也不一樣，趁著下課時間移動到另一棟大樓也算是大學的特色，而且學校內禁止摩托車通行，所以我去上課都是騎腳踏車。

騎腳踏車的時候我常常會趁機看一下沿路的風光，像是管理學院的妹子或是醫學院的妹子，有時候也會換個口味看一下文學院的妹子陶冶性情。

但就在三天前我發現不管什麼時候，總會有同一隻鳥出現在我的視線範圍內，學校裡有鳥是很正常的事，有人可能會認為我看到的只是同一個品種的鳥，但那隻鳥真的長的很奇特。

那隻鳥大概巴掌大，身上有著黑白的條紋，頭冠的毛卻鮮黃的炸開來，看上去有些前衛，更奇妙的是，牠的眼睛是紅的，並不是說我對鳥多有研究，但至少記憶中沒看過紅眼睛的鳥，這也是我認為是同一隻鳥的原因，而且每次見到牠的時候總是直勾勾盯著我看。

要說害怕的話也沒有，畢竟我上的課就那幾堂，路線也都固定，可能只是剛好經過牠的地盤罷了，所以不太在意，畢竟一隻鳥能幹嘛？

但是有一天晚上我正在浴室裡洗澡，一股奇怪的感覺湧上心頭，下意識抬頭看向浴室的通風窗，竟然看到那隻鳥正站在窗口看著我。雖然牠只是一隻鳥，我還是反射性的遮住了自己的重點部位，趕緊穿上衣服走出去。

當我走進房間時，那鳥竟然已經先我一步飛到我房間窗外等著，幸好窗戶是關的牠飛不進來。

我有試著敲打窗戶趕牠走，但牠卻毫無反應，依舊用牠鮮紅的雙眼盯著我，最後沒辦法，我只好叫了一份麥當勞的麥脆雞超值全餐，並在牠面前吃了起來，原本想說讓牠看到同類在自己面前被吃掉的場景應該會嚇到飛走，牠卻依舊不動，果真是個狠角色。

那時的我已經經歷過很多怪奇事件，好聽一點是生活精彩；難聽一點是衰尾，直覺告訴我這鳥肯定不一般，所以我開始一邊吃薯條一邊思考最近有沒有幹了什麼會被找上門的事，像是夜衝亂跑或是參加奇怪的占卜活動，畢竟也不是沒有先例。

不過我想破頭也想不出來我究竟幹了什麼，所以我選擇直接問對方，我跟牠說如果有事找我我就敲窗戶兩下，結果牠真的敲了兩下，但身為一名工程系學生，我們要有求證精神，我就跟牠說真的有事找我的話，就敲個「福利熊熊福利」來聽聽，結果牠連「全聯福利中心實在真便宜～」的節奏都敲出來了，這下我只能信了。

既然對方真的是來找我的，加上我在牠身上感覺不到惡意，我便打開窗戶讓牠進來。一進來後，我還來不及問牠要幹嘛，牠就飛到了我的三層櫃的最下層抽屜用喙輕敲著，我不解的打開抽屜，牠便飛進裏頭站在一個紙盒上。

紙盒上畫著一名穿著裸露的女孩子，上頭有著十八禁的標誌，說來有些害羞，那裏頭裝著的是成年男性排解寂寞的好夥伴，單身朋友的第一個老婆，俗稱飛機杯，我都叫它杯杯。

牠這個舉動讓我不由自主的倒抽了一口氣，這玩意是朋友為了湊免運邀我一起買的，暫稱朋友為老黃，因為他對於這些十八禁的東西特別了解。我當初問他為什麼要找我時，他說我看起來很需要，他說的是如此有道理，我當下竟無言以對。

但是重點來了，老黃三個月前就因為車禍走了，我甚至還有去他的喪禮。

雖然我不想相信，不過唯一知道我把杯杯藏在哪的人也只有老黃，也就是說我眼前的這隻鳥就是老黃，我試探性的喊了一聲老黃，而牠也叫了一聲回應我，這下我更加確定了。

前面說過我算是經歷過許多怪事了，所以死掉的老黃變成鳥回來我也不驚訝，只是有些疑惑怎麼會是找我。

接著我拿出一張白紙，在上頭寫了「YES」跟「NO」後放在地上，試圖跟老黃溝通。首先我問牠是不是有後事未了，牠站到了「YES」上，我又問是要叫我幫忙？他沒動。我捏了捏眉間思考了一下，問他說是不是跟家人有關？他站在「YES」跟「NO」中間，這根本比考試猜題還難，我開始懷疑老黃是不是特地復活來搞我。

最後經過大約三十分鐘的問答，雖然還不知道老黃到底要我幹嘛，總之就是要我去他房間一趟；不過老黃的家在外縣市，要去也只能明天再去，雖然我明天還有課，但畢竟死者為大，絕對不是因為我想翹課。

隔天一早，我把老黃放在包包裡便出門去坐火車，他家我在喪禮的時候去過一次，隱約還記得位置在哪，當我抵達老黃家差不多已經中午了。

老黃家是一棟普通的三層樓透天厝，我按響門鈴時老黃的家人還以為我走錯家，直到我表態說自己是老黃同學他們才讓我進門。

我隨便跟老黃家人唬爛了幾句說我跟老黃是拜把之交，斬過雞頭、燒過黃紙之類的話，跟他們聊了一些老黃在學校的事，之後便拜託他們讓我去老黃的房間待一會。幸好他家人還算通融，沒有多問就讓我進去了，他們說老黃的房間都沒有整理過，還保持著原樣。

我支開老黃家人後把老黃從背包裡放了出來，他在房間裡盤旋了幾圈，看上去有些留念，最後停在了房間的電腦螢幕上。我會意，幫老黃打開了電腦，接著他用那雙鮮紅的眼神看著我，我也回望著他，那一瞬間我終於了解老黃要我幹嘛了。

我坐到了電腦面前點開了D槽的格式化選項，我看向老黃哽咽地說了一句：「兄弟，一路好走。」

當我按下格式化選項，老黃也滿足的啾了一聲，我看著他鮮紅的眼神慢慢變成黑色，我打開房間的窗戶牠便張開翅膀飛走了，這一幕讓我想哭，我知道，老黃這次真的走了。

正所謂睹物思人，從那之後每當我打算用杯杯桑一下的時候，眼前都會浮現出老黃的臉龐，瞬間興致全消。

沒辦法，最後我只能把杯杯扔了，當我看著垃圾車響著音樂把我老婆載走的那一刻我確信了，老黃你真的是特別復活來搞我的。

「鬼鳥鬼鳥聲何悲，非鴉非鵬又非鴟。何處飛來宿村樹，晨昏噪聒不暫移。」——明・盧若騰《鬼鳥篇》

「人之將死，其言也善，人若已死，其言何發？遺願未了，含冤未雪，魂反陽間，墓坑鳥鳴。」——《臺妖異談》

14 古樹

今天來說說我另一位朋友，暫且稱他為卷哥，通常這稱號是屬於大學成績第一名的人。

大學的考試和國高中的考試不太一樣，國高中老師再怎麼出題都不會超出課綱，但是大學教授出題那叫一個自由奔放，上課明明教１＋１＝２，考試就變成：請描述小明此時的心境如何？

在這種完全無法預料題目的情況下，考古題就是你唯一的信仰。因此大學的考試與其說是頭腦戰不如說是情報戰，誰手上的考古題更多更新，誰就是王者。

為了一份考古題，學妹還可以嗲聲嗲氣拜託學長，而學弟只能出賣肉體，咳！我是說幫學長做牛做馬；而卷哥卻從來不搞這些俗套的，考古題是看都不看一眼，彷彿會拉低他的格調，他卻總是可以考進前三名，雖然不是每次都第一，但是完全值得我叫他一聲卷哥。

因緣際會下我和卷哥選到了同一堂通識課，那堂通識課是我向學長出賣肉體，咳！做牛做馬後得知的一堂涼課，不用考試，期末的時候交一份校園內植物的觀察報告就行

了，而且報告難度也不高；因為學校裡有一片很大的草坪供校內外人士放鬆，那裡種了許多樹，只要隨便找棵樹紀錄一下，其他同學也都這樣做。

因為那堂只有我跟卷哥同系，所以很自然地就分在了一起，膚淺的我向卷哥說報告只要簡單做一做就好了；但是他卻堅決反對，他說這樣大家的報告都一樣，沒有鑑別度，他不能接受。

我問他難道選這堂課不是因為可以隨便做做報告就拿學分嗎？他卻說他選這堂課是因為他沒修過這領域的課想學習看看，我好久沒聽到有人說出想認真學習這種話，上次我說出這種違心之論還是大學面試的時候。

雖然我覺得很麻煩但是卷哥說的確實有道理，我就配合他當了一回好學生，認真做這次的報告。

我們花了點時間巡了一圈校園，最後在一處角落找到了一棵老樹，那樹大概兩公尺高，粗大的樹幹讓人感受到它的年代久遠，有趣的是，那棵樹的四周卻是寸草不生，對照著它的枝葉繁密看上去有些奇異，這也引起了卷哥的好奇心，當下便決定用這棵樹當觀察對象。同時他也制定了一套完整的觀察計畫，涵蓋了早中晚三個時段以及主要觀察部位，不愧是卷哥。

於是我們就按著卷哥的計畫開始製作報告，有時候是我去紀錄，有時候是他去紀錄，如果兩人都有空的話就一起去紀錄。

卷哥也去圖書館翻閱了文獻，甚至還莫名其妙的跟某間生物實驗室搭上了線，借用他們的設備做了一些科學分析；至於他分析了什麼我其實也不太清楚，在整份報告中我就負責拍照而已，不是我不打算幫忙，而是這已經超出我能力範圍了。

在某一天的深夜，卷哥突然密我說他想要一份深夜的觀察紀錄，問我要不要一起去？我問他這真的有必要嗎？半夜欸？接著他就引出了一堆文獻跟我說植物白天跟夜晚行為的差異巴拉巴拉的，我理解他試圖教會我的努力，但我一個字都聽不懂，最後秉持著不能拋下組員的責任心以及我真的很廢的內疚感，我陪卷哥去了學校。

半夜的學校和白天的生氣蓬勃相反，伴隨著陣陣晚風給人一種孤寂的感覺。在朦朧月光的照射下我們看到一道身影站在樹下，那是穿著淺綠色長袍的長髮女性，看上去可愛中帶點英氣，有點像臭臉的本田翼。

我原本以為是個古裝Coser趁著夜深人靜的時候出來取景拍照，還想著等等上去跟她要個ＩＧ，但是隨著我們越走越近，我發覺有點問題。

她的腳是懸空的。

我立刻阻止卷哥往前走，他不理解的看著我，我問他有沒有看到樹下的女生，他點頭；我又問他有沒有看到對方腳懸空，他頓了一下再次點頭。那現在只有兩種可能，要不我倆同時撞鬼，要不對方上吊，後者很快就被推翻，因為對方慢慢的把頭轉過來盯著我們看，臉上似笑非笑。

當下我抓著卷哥拔腿就跑，直到跑到校門口的便利商店才敢停下來，雖然便利商店沒有降妖除魔的功能，但是燈火通明的地方就是讓人比較安心，也不是說我怕了，不過好兄弟還是能少招惹一個是一個。

我一邊喘著氣一邊觀察卷哥的模樣，他的神情有些呆滯，但不是被嚇呆的呆，是看呆的呆。我試探性的詢問卷哥有沒有怎麼樣？他摸了自己微微發燙的臉，思考了一會後得出了結論——他戀愛了。

修但幾勒，我可以理解對方確實很漂亮，如果對方是活人的話那我肯定也會心動，但再怎麼說對方是鬼啊！人鬼殊途這句話已經不知道被多少故事講到爛，身為他的組員兼同學，我覺得我必須要制止他。

「啪！」於是我甩了他一巴掌，試圖讓他清醒點。

卷哥摀著發痛的臉頰看著我，無法理解我突如其來的暴力行為，我又問他剛剛的女生漂亮嗎？他點頭，所以我又是一巴掌，挨了兩巴掌的卷哥一臉的疑惑，我開口便是一堆人鬼殊途、你們在一起不會幸福之類的話，讓我覺得自己有點像白蛇傳裡的法海。

但是他竟然回我一句話：「可是她對我笑欸。」

「她也對我笑啊！」

「不一樣，她對我笑的比較有感情。」

糟了，這個發展我熟，我上次也因為這樣暈了手搖杯店員三個月，結果對方只是剛好在用舌頭挑菜渣，害我連喝了三個月的手搖杯。

我用力的抓住卷哥的肩膀開始述說我既悲慘又痛苦的撞鬼經歷，試圖用我的不幸把他拉回來，但是他一邊聽一邊笑，我的撞鬼故事就那麼好笑嗎？好歹給點同情吧？

看來一時半會說服不了卷哥，看了看時間也不早了，所以我們原地解散，同時要求卷哥如果發生什麼事情一定要跟我說，並答應他明天晚上會再陪他去一次樹下，總比他自己跑去來的安全。

隔天晚上，我拿著文青給的護身符來到了樹下，甚至還提早了一個小時，我真的很怕卷哥給我偷跑，到集合時間後卷哥準時來了，他穿著全套西裝，手捧鮮花外加一盒GoDiva巧克力，這陣仗我上個月也對那店員用過，她拿走巧克力後就叫我滾。

卷哥看上去十分緊張，他跟我說這是他的第一次，不知道這樣夠不夠有誠意？讓我幫他出點主意。

「對方只是棵樹欸？」

「請尊重，是樹小姐。」他義正嚴詞的糾正我。

這下我真的頭大了，我以為過了一天後他會冷靜一點，看來只是暈的更嚴重。

「就跟你說她是鬼！不存在的！」

「不，她存在，就存在我心中。」

「你這話跟誰學的？怎麼那麼耳熟？」

「你啊。」卷哥反駁道：「上次有人說初音是虛擬的時候你就這樣說。」

卷哥竟然拿我的魔法對付我。

「可、可是你才見過她一眼。」

「剎那即永恆，一眼即萬年，足夠了。」媽啦，這不是暈船，是翻船。

看到卷哥這麼堅決再加上我被他智商壓制的情況下，我實在阻止不了他，只能眼睜睜的看著他把花跟巧克力放在樹下，然後拿出一首情詩開始朗誦。對，他還寫了情詩，知識分子談戀愛就是不一樣。

我倆在樹下站了一個小時祈禱樹小姐的出現，可惜的是對方並沒有給卷哥面子。從那之後卷哥每天都會帶著禮物放在樹下再加一首情詩，那股毅力實在令人佩服。

一開始我真的很擔心他，畢竟我不知道被這類東西拐走幾次了，有幾次差點人都沒了，所以我要求卷哥每次過去的時候一定要帶上我，反正我們本來就要做報告的。

本來什麼事情都沒有發生，我們也有幾次是深夜過去，但對方都沒有現身，對此我鬆了一口氣，也有點開心；因為每次卷哥送的巧克力或是甜點都是我吃掉的，畢竟一棵樹也不可能吃東西，所以還是由我們帶走。不過不愧是卷哥，他也發現了這件事，所以他之後都改買肥料，可惡。

反覆幾次下來雖然都沒見到對方，我卻發現有異狀發生，卷哥的身體狀況很明顯的變差了，今天感冒明天腸胃炎，假日再加個偏頭痛，三不五時就往醫院跑，過沒多久就把藥當糖果在吃了。就算這樣他還是每天都跑去樹下，他說可能是他每晚都在想情詩所以睡眠不足造成的，但我看他日漸蒼白的臉色便覺得一定有問題。

◇

某一天我趁著卷哥去看醫生的時候自己先過去樹下，我語重心長的對著那棵樹說道，看在卷哥每天都幫她施肥的份上讓她放過卷哥，頂多我再自掏腰包幫她多加兩包。

就在我話說完要轉身離開的時候，突然一道強風吹來讓我睜不開眼，我張開眼睛之後，再次看到樹小姐飄在我面前，臉上表情依舊冷峻。

「總算肯現身了。」我抱胸說道：「怎樣？是要跟我加價嗎？行吧，每個月兩包高級氮肥。」

「我不要。」樹小姐答道，她的聲音空靈如同林間輕風，好險卷哥不在這，不然他肯定瘋掉。

「好，三包。」我回道：「再加每兩天澆一次水。」

「我說我不要肥料。」

「只要澆水？」我鬆了一口氣，肥料還真有點貴。

「也不需要。」樹小姐說道。

「那妳怎樣才肯放過卷哥？」這也不要，那也不要，這下事情麻煩了。

「你讓他別再過來就好了。」樹小姐說道：「我沒有故意害他，只要在我周遭的活物都會慢慢喪失生命力，這不是我能控制的。」

「難怪妳周圍一根草都沒有，嗯？那我怎麼沒事？」跟卷哥相比我確實十分健康。

「你身上已經有比我更強的詛咒了，所以影響不了你。」樹小姐一臉厭惡的說道，「而且還不只一個，詛咒跟護佑混在一起，你到底招惹了什麼東西？」

「招惹了什麼嗎？」我思考了一下，決定放棄找兇手，太多可能性了。

「我了解了，不過妳怎麼不親自現身跟他說？」

「我覺得他聽不進去人說話。」

「沒錯。」這話我是哭著說的。

樹小姐說完之後又是一道強風吹來，當我再次睜開眼對方已經消失了。

我把樹小姐跟我說的話轉告給卷哥，又跟他辯論了快兩個小時關於為什麼她不在他面前現身，他甚至懷疑我要橫刀奪愛。就在我對著祖宗十八代發誓之後，卷哥才終於相信我。

「我理解了。」卷哥點頭道：「沒想到她那麼關心我。」

「哈？」

「這一定是愛的表現，看來我的努力終於有結果了。」卷哥喜極而泣道。

「不是，我覺得你誤會了。」

「好吧，雖然痛苦，但我不會再去見她了。」

聽到這我鬆了一口氣，雖然卷哥的思路有點問題，但結果是正確的就好。

正當我以為事情落幕的隔天，卷哥休學了。我急忙打電話給卷哥，他跟我說他要去考醫學系而且要考就要考台大，接著解釋說，既然接近樹小姐會讓他生病，那他只要能自己醫自己就好了。

事情的發展過於曲折離奇讓我有點跟不上，就邏輯上好像有點對但又不太對，而且台大醫學系是可以說考就考的嗎？他家人的意見呢？

「其實我當初分數有到，只是不想讀六年，我家人聽到我決定重考後就在門口擺了十桌還放鞭炮。」

好吧，我太低估卷哥的腦袋，以及臺灣社會根深蒂固的職業迷思。

「但是，好像哪裡不對吧？當醫生也會生病的啊！」我試圖做出最後的挽留。

「嗯……確實，除了醫術的學習之外，自身的身體能力也很重要，好，明天，不，從今天開始健身。」

「不對不對，我不是這意思！」

「多謝你了，如果不是你，我一定想不到這方法。」卷哥說道：「結婚的時候我會幫你安排在主桌。」

「就跟你說聽人說話了！」

隔年，我從卷哥的臉書看到他考上了台大，我傳訊息跟他說了一聲恭喜；過了幾年，他帶著巨石強森的身材從醫學院畢業；又過了幾年，我在同學的婚宴上跟他坐同桌，我悄悄問他跟樹小姐怎麼樣了，他搖頭說沒進展，但他會繼續努力。

趁著卷哥去洗手間的空檔，同學們開始討論為什麼卷哥當初會轉系？是家裡的因素還是自身的想法。

此時一名微醉的女同學語出驚人，說肯定是我把人家給甩了，他吞不下這口氣，決定讓自己變得更好的男人，於是憤然休學去考醫生同時拼命健身，就等著今天揚眉吐氣。

這故事說的蕩氣迴腸，拍案叫絕，如果主角不是我就更好了。

「為什麼我當初跟卷哥會是一對?!」我從靈魂深處發出了反駁。

「我用這雙眼睛親眼看見你們倆每晚都在樹下幽會，吃著點心還聊著天，那時這消息鬧的是天知地知系主任知，就你們倆不知。」

「難、難道我大學四年都沒有女朋友是這個原因嗎？」

「這倒不至於，純粹生理上無法接受。」

台上，新娘看著養育自己多年的家人感動落淚，但我哭得比她更大聲。

「西北有小龜佛山，在覆鼎山西南，其形如龜，故名。下有古樹高數丈餘，俗傳有神附焉。鄉民進此居者，多疾病夭折；故農家皆徙三里之外為舍。」——清・高拱乾《臺灣府志》

「古樹存根，吸萬物之靈，為物之本性，無可厚非。然非皆如此，雲林萬年莊茄苳公，彰化九龍大榕公，庇蔭百姓，護佑萬民。」——《臺妖異談》

15 鯪鯉

不知道大家對運氣這件事情是怎麼想的？今天來說說我一位朋友，暫且稱他為阿正，因為光是看著他就能讓我有滿滿的正能量。

阿正他這人一言以蔽之就是運氣差到一個極點，像是排隊買東西時總是到他前面就賣完、考試猜題從來沒中過、買珍珠奶茶店員只給他細吸管、買便當三格菜都是三色豆；但是他從來沒有抱怨過，一次都沒有，然後抱著感恩的心吃完了那盒三色豆便當，是個狠人。

有一天我和阿正出門去吃飯，吃飽走出店門發現對面的公園正在辦文創市集，剛好我倆撐著也是撐著，就決定去散步一下消化。

市集不大，賣的東西也普通，就是一些手作飾品或奇妙小物之類的，但是當我們準備離開市集的時候，一位攤主突然叫住了我們。

那位攤主是名老伯，長髮披肩，穿著一襲藏青長袍，臉上還戴著一副電影裡中國人常戴的小黑框眼鏡，根本就是把可疑兩字寫在臉上。

原本想當作沒聽到直接走掉，但是他開口就說我面帶桃花，只可惜時機未到。我想

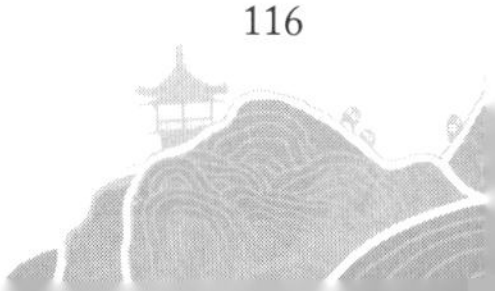

應該是個有本事的人，因此決定給他一次機會。我帶著阿正走到攤位前聽他開始講一些我完全聽不懂的東西，什麼子丑寅卯，命中缺啥，五官屬啥之類的算命術語，反正我們也是閒著，聽他胡言亂語消遣一下。

當他終於講完之後，我問他我的桃花究竟在哪？他故作神秘的拿出一張符，這時我就知道套路了，肯定是那種只要買了我這張符就桃花滾滾來之類的，不買不買，我拿去課金都比較划算。

「小兄弟你的良緣只是還沒到，正所謂萬事俱備只欠東風，諸葛亮要火燒赤壁也是缺了道風，今日這張符便是你的東風，遇到我是你的命數。」算命仙說道：「不然你覺得以你鳳小岳的雙眼、劉德華的鼻子、宋仲基的嘴巴及克里斯．伊凡的身材，怎麼可能到現在還沒對象？」

他這話說的真是有道理，我當場買了五張，我要的不是東風，是颱風。

接著他看了看阿正，拿出了一個吊飾，那吊飾是一根約三公分長的尖爪，通體漆黑泛著光，不知道是哪種動物的爪子。

「這是鯪鯉的爪子，傳說鯪鯉入土如入水，行遍萬千丘壑不在話下，因此有逢凶化吉的效力。」算命仙解釋道：「我看小兄弟你面帶黑氣，剛剛又看過你的手相，恐怕你這一生會有些坎坷。雖沒有性命之憂，卻也說不上平安順遂，所以拿出我這鎮攤之寶，半買半相送，五千贈與有緣人。」

「謝謝你的關心，但是不用了。」阿正婉拒道：「我也不覺得自己有多倒楣，人生嘛，碰碰撞撞是當然的。」

不愧是阿正，人生態度十分豁達，我上次抽卡暴死的時候他也是這麼安慰我。

「小、小兄弟，你可想好了？這機會真的可遇不可求，普天之下恐怕只有我能解你這一劫。這樣吧，看在你朋友買那麼多張符的份上，三千。」

「真的不用了。」阿正繼續搖頭道，並且偷偷拉了拉我的衣服，示意該走了。

就在我們要離開的時候算命仙大喊道：「好！你很會殺價，我呂神算縱橫江湖那麼多年第一次遇到你這對手，一千五……一千……你們走慢點！別走別走！五百行了吧！當作可憐可憐我半年來只開張這一次！」

最後看算命仙實在太可憐，阿正還是花了五百買下那個吊飾。錢花都花了，他姑且也是每天戴著，而從那天之後，阿正的命運開始改變了。

◇◇◇

一開始是發票中了兩百元、買肉燥飯的時候總是會混一兩塊肉塊在裡面，或是買麥當勞的時候多了兩塊麥克雞塊。有一次五月天要開演唱會，我們朋友圈內有一位五迷昭告天下，誰能幫他搶到搖滾區的票就請他吃王品。

正所謂重賞之下必有勇夫，那時候我們都坐在電腦前準備搶票，也包括了阿正，不過他和心術不正的我們不一樣，他是真心要幫朋友搶票。最後幾乎全軍覆沒，只有阿正搶到了。

雖然阿正覺得沒什麼大不了的，但我們都知道，阿正開始轉運了，而且很大的可能就是因為那個吊飾。從那之後阿正便變得十分搶手，不管是搶票還是搶課大家都找阿正幫忙，連我抽卡都找他代抽。

不知道大家還記不記得我一位外號賭神的朋友，他愛賭，但是很不會賭，我基本上看到他的時候都在啃吐司邊。

有一天，賭神跪在阿正面前希望可以跟他借那條幸運吊飾，他說他今天晚上有一場麻將局，賭注玩得很大，如果能贏的話一定給阿正包個大紅包。阿正二話不說便把那條吊飾借給他，甚至說如果他喜歡的話吊飾給他也沒關係，反正當初也沒打算買。賭神又跪下，直接叫阿正一聲乾爹，尊嚴蕩然無存。

到了當天晚上，牌桌上奇牌盡出，天胡地胡、大四喜十八羅漢、海底撈月、清一色碰碰胡、混一色槓上開花、門清一摸三——但沒有一把是出在賭神手上，那晚連打了十六圈，賭神唯一胡過的叫詐胡。

你問我為什麼知道的那麼清楚？因為我坐他對家，這也是我人生第一次贏錢贏到手會抖。

之後賭神把吊飾還給阿正，並流著血淚告訴阿正這吊飾很邪門，阿正安慰了輸到脫褲的賭神說這只是心理作用，運氣本來就是一陣一陣的。但是當阿正戴回吊飾，他的手機響了一聲，拿起來一看，雲端發票提示他這個月又中了兩千元，賭神當場嘔出幾十兩血，真可謂空前絕後。

也因為這樣，純樸如阿正也覺得哪裡不太對勁，帶著我回到了那個市集想再問那個算命仙，但是算命攤卻早已不見，變成了賣手工香皂的；最後阿正決定把那吊飾丟了，便隨手丟進路邊的垃圾桶。

原本以為事情就這樣結束了，但是過沒幾天阿正打電話給我，說那吊飾莫名出現在他家樓下的信箱，之後他又丟了很多次但每次都會回到他手中，這下是真的邪門了，所以我拍了幾張照片給文青。

文青見到照片後便立刻打過來問我這吊飾是哪來的？我跟他解釋了事情的前因後果。

「你知道鯪鯉是什麼嗎?」文青說道。

「不是傳說中的神獸嗎?」

「叫你多讀點書,鯪鯉是穿山甲,動物園就看得到了。」文青道:「鯪鯉在傳說中可以帶來豐收,是代表吉兆的動物,因為你看,穿山甲不是很會翻土嗎?所謂的躦鯪鯉就是吵醒穿山甲祈求豐收的儀式。」

「那賭神怎麼戴上後就輸的那麼慘?」

「因為穿山甲不只代表吉兆,也代表凶兆,奇特的外表加尖長的爪子被更加早期的人認為是妖魔鬼怪,還送個外號叫福爾摩沙之魔,光是看到牠就會遭遇不幸,但也同時認為牠可以驅邪,算是以毒攻毒吧!」

「你的意思是?」

「這吊飾得看人,本來就衰的人戴上去才有招來好運的作用,你剛剛說賣吊飾的叫呂神算?我記得他,原本賺得很多,半年前玩股票把身家都賠光了,八成也是這吊飾害的,某方面來說你那朋友是最適合擁有這吊飾的人。」

「那如果我戴呢?」

「輕則走路踩到狗屎,重則過馬路被車撞。」

「那麼嚴重?我覺得我也挺倒楣的啊?」

「我就沒看過比你更好運的，哪有人每次招惹到妖魔鬼怪都可以全身而退？」

「你說的好像有點道理。」我點頭道：「對了文青，既然有這種有用的開運小物，那有沒有那種招桃花的幸運符或是儀式之類的？」

「有啊，而且快速有效，就是有點花錢。」

「真假？快跟我說！錢能解決的都不是問題。」

「整形。」

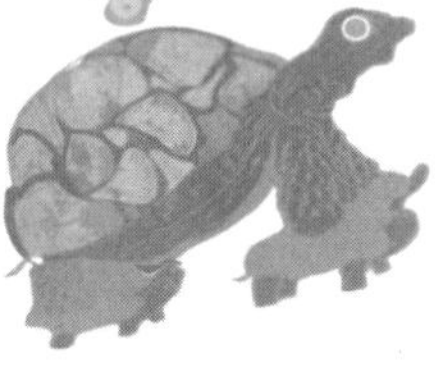

「犁頭店俗稱『拉狸』，據古老傳說，墾荒時期，有一隻金色的『拉狸』睡在地下，先民深信一旦穿山甲一覺不醒，會為子孫帶來災難。尤其端午節酷熱時節，最易使穿山甲昏睡，所以當地居民會設法吵醒穿山甲讓牠『翻身』，老一輩的也認為只要穿山甲持續的『翻身』，地方一定會出現很多優秀人才，一直延續至今，演變成每年的端午節正午時，由里長帶頭，穿上長木屐，用競走的方式比賽『驚醒』穿山甲，讓穿山甲『翻身』。」——林惠敏《典藏犁頭店：古今鄉土文化田野調查彙集》

「本島人皆視穿山甲為不祥之物，若有穿山甲誤入家門，則不幸之事將會接二連三的發生。他們甚至將牠視為魔物，其後更將之視為神秘之化身。穿山甲尾端以上的第七個背鱗若結於童帽據說能夠避邪。」——《民俗臺灣》

「入山穿河，陸上之鯉，破土作耕，謂之為吉。身負百鱗，雙爪如刃，形如妖魔，謂之為凶。吉凶相倚，鯪鯉也。」——《臺妖異談》

16 火王爺

今天來說說我的高中同學，暫且稱他香腸，因為他有著風華絕代的厚唇。

香腸是個很聰明的人，我的意思不是他成績很好，而是他總是可以找出許多生活上的漏洞去鑽，例如作弊方法或是學校哪裡可以翻牆；如果把他和老師教官之間的攻防戰寫出來的話，肯定可以出成一本書。

高中的時候我們學校角落的圍牆有一個洞，大概是一隻手伸得出去的寬度，香腸就利用那個洞偷偷外訂便當，甚至做起生意，每份便當收10％的服務費賣給同學；最後當然是被發現了，因為半個年級的人都跟他訂便當，正所謂樹大招風。

雖然我覺得他如果把鑽漏洞的力氣拿去好好念書的話應該已經上台大了，而這樣的他在畢業之後卻報考了警專。

「如果不想被體制壓榨，那就讓自己成為體制。當上警察的話不就沒人會開我罰單了嗎？」香腸手上拿著招考簡章，一副他悟出了人生大道理的樣子。

雖然多年之後他發現事情並不像他當初想的那樣，但他還是把警專讀完了，畢竟要他重考大學實在是不可能。

大概是我大三的時候，某天晚上我正提著宵夜蹲在學妹家門口，準備給她一個浪漫的驚喜。這時我手機響起，香腸突然密我最近有沒有空，那時香腸已經從警專畢業正在外地的警局執勤。

我原本以為是要召開同學會之類的，他卻說希望我可以過去他們警局一趟，嚇得我趕緊四下看了一遍，畢竟上次被學妹報警抓走的記憶還歷歷在目，但仔細一想要抓也應該是當地的警局抓我才對，我也就放心下來直接打電話給他。

他說他們警局那出現了一些怪事，這就更奇怪了，降妖除魔應該找專業道士才對，找我幹嘛？帥死對方？而且具體怪事到底是什麼事？他說三言兩語難以解釋，總之希望我過去看一下。他說他們局長特別鐵齒，如果找道士來的話他肯定被電到飛起來，無奈之下才找我這個撞鬼專業戶，也不要求我解決問題，看看也好，食衣住行他全包。

「可是你那號稱美食沙漠，在地美食還是麥當勞，我去了也沒意思。」

「拜託你！如果事情成功解決的話，我介紹我們警隊最可愛的隊員給你！」

「剛好我的最愛就是麥當勞，我是坐高鐵好還是自強好？」

就在我跟香腸講電話的時候，突然有人拍了拍我的肩膀，我轉過頭去看到熟悉的警察杯杯，在他身後站著臭著臉的學妹，她就是那麼害羞，不找個人陪都不敢來見我。

警察杯杯比了個手勢，意思是我們都老交情了，自動一點跟他走。

「香腸，我可能要過幾天才能去。」
「什麼意思？你要考試？」
「沒有啦，我跟蹤，不是，關心學妹所以被抓走，還是你要來保我？」
「什麼！怎麼有人敢抓我同學？哪間分局的！」
「你能把我弄出來？」我驚喜的說道。
「警局很冷，我讓他們拿件外套給你，你出來再聯絡我。」

經歷了一番波折之後我終於來到了香腸的警局，外表十分氣派，一看就知道新蓋沒多久。香腸首先帶我繞了一圈，對我來說警局跟自家一樣，更別說剛被抓進去沒多久，記憶猶新，於是立刻發現一件奇怪的事。
「你們這滅火器好像有點多啊？」我看著排列在角落如同保齡球瓶一樣的滅火器。
「這就是問題了。」香腸說道：「我們這最近常發生火災。」他指了指牆壁跟天花板上一塊塊的黑色污漬，和剛刷好白漆的牆面形成強烈對比。
「那你這應該找消防隊吧？」

「不是那種火災。」香腸吞吞吐吐地說，接著把我帶到他的電腦前，點開一部影片讓我看。那是一名男子被銬在接待用的椅子上，外八的坐姿看上去特別囂張。

「這是上個月抓進來的，在街頭攔車打人。」香腸說道，接著把影片快轉，下一秒那名男子的頭上突然冒起大火，把他燒的痛苦掙扎，直到警員拿起滅火器往他頭上噴。我還沒來得及說話，香腸又點開了另一部影片，說是兩個禮拜前抓進來的慣竊，而影片內容也是一樣，那慣竊坐在椅子上突然頭就燒了起來。

然後香腸又點開了許多影片，而結果都差不多，都是犯人莫名其妙的身上著火。

「這樣你懂了吧，這找消防隊哪有用？」香腸說道：「現在我們警局的google評論都變成燒烤店了。」

我搜尋了一下，還真的，像是「烤肉火力很強，但是沒有抽油煙機」、「服務員很熱情，熱情到客人燒起來」、「危機處理到位，剛剛我頭著火，滅火器立刻就到了」。

香腸繼續抱怨道：「最麻煩的是我們隊長一直要我們出報告給他，媽啦，這怎麼出報告？」

看他如此困擾，我便意思意思把警局周遭繞了一圈，說不定還真的讓我看到什麼端倪，但是繞了兩圈也沒看到什麼值得注意的，更別說感應到什麼。

我朋友對我都有個誤解，我只是容易撞妖，不代表我可以感覺到他們，更別說收妖了，如果真的會我早就去當道士賺錢了。

「如何？」香腸兩眼放光的看著我，期待我給他一個結論，但是我真的無能為力。

「完全沒有想法。」我雙手一攤說道：「你找專業的來吧！」

「你確定？」香腸失望地說道。

「確定。」

「你看著她的臉再說一次。」香腸拿出了他的手機給我看，上面顯示著一張超可愛女警敬禮的照片，要形容一下的話就像是濱邊美波打八折的感覺，正氣凜然的制服依舊遮掩不住她那該死的甜美。

「這就是你們警局第一可愛的？」我吞了吞口水道，但香腸搖搖頭，說這只是第二可愛的。

這下我整個人幹勁都來了，開始高速運轉我的腦袋，考期末考都沒那麼認真，不過想了約十分鐘後還是沒有頭緒；乾脆隨便編個故事打發他算了，早點認識那個可愛的女警察，而且進來到現在也看到幾個不錯的，不知道能不能去要個Line。

就在我這麼想的時候，我看到香腸突然衝去拿滅火器。糟糕！他是不是看出我打算呼嚨他，準備拿滅火器扁我？

不過很快我就知道不是，因為一股暖意從我頭上傳來，接著越變越燙。

「我著火了！」突如其來的火讓我使勁的拍了拍頭髮，但是這反而讓火更大，直到香腸用滅火器噴我，火才熄滅。

我倆面面相覷，不知道剛剛到底發生什麼事，香腸說道：「其實發生那麼多次火災，我稍微看出了一點規律，燒起來的人大多都有犯罪。」香腸拍了拍我的肩膀說道：「自首的話刑罰會輕一點，我會幫你跟檢察官說好話的。」

「我是奉公守法的好公民……吧？」我剛剛想起來故事開頭的時候我才被抓進警局，不禁有點心虛。

「肯定有理由，你再想想。」

「會不會是我剛剛原本想隨便呼嚨你然後去搭訕女警察？」我想來想去只想到這可能。

「肯定沒錯！這個可以構成刑法上的詐欺罪……等等，你剛剛是不是說你要隨便打發我？」

「所以只要想做壞事或是做了壞事就會燒起來？」我摸著下巴裝出思考的樣子道。

「跟你說話喔！不要轉移話題。」

「好吧，我們再實驗一次，你滅火器準備好。」不等香腸回答我便閉起眼睛聚精會神的開始思考。

我喊道：「好想舔學妹坐過的椅子！」

面對我突如其來的犯罪發言，香腸鄙視的看著我，說道：「我真的很不想承認你是我同學，而且這樣真的有用嗎？……幹幹幹！真的燒起來了！」

「還不快滅火！」

又是一陣手忙腳亂之後我倆再度面面相覷。

「看來我的理論沒有錯，這樣就有解了。」我拍了拍頭髮說道：「既然搞清楚機制，接下來只要找到源頭就好了，發揮我們工科生的能力！」

「怎麼找？」

「剛剛的影片裡每個人燒起來的時間點都不太一樣，所處的位置也不一樣，我猜只要越靠近源頭燒起來的速度也越快，不然那些嫌犯應該在進警局的同時就會燒起來。」我解釋道：「所以只要看我燒起來的情況就可以找到源頭。」

「這不就代表？」

「沒有錯。」我看向遠方道：「為了正義我必須踏入黑暗，每個人終究會成為壞人。」

聽到我捨己為人的計畫香腸不禁肅然起敬，說道：「不愧是我的好同學。」

我回道：「記住，要幫我介紹最可愛的。」為了可愛的警察姐姐，被燒個一兩次算的了什麼？我揮揮手示意香腸退開一點，同時伸展了一下手腳。

「好想吸學姐穿過的鞋子！」

「燒起來了！」香腸趕緊幫我滅火，等火熄滅之後我便繼續做實驗。

「好想每隔三餐就打電話給正妹同學！」

「這次更快了！」

「好想跟門口的飲料店員要Line！」

「這個旺！這個旺！」

「等一下，這個算壞事嗎？」我舉起手問道。

「騷擾的定義是對特定人實施行為使之心生畏怖，足以影響其日常生活或社會活動。」

「所以我跟店員要Line會讓她心生畏怖？」

「這不是重點，繼續繼續，我感覺快找到了。」

「好！」

在經過了數次的著火滅火後，我們終於鎖定了位置，那是失物招領處的一個木盒，深沉的棕黑色讓人感受到年代的厚重，燙金的鎖扣多了一絲莊嚴感。

「這盒子不知道放多久了，本子上沒有資料。」香腸翻著紀錄簿說道。

「打開就知道了。」我不加思索的打開了盒子，裏頭放著一個牌位，沉黑色的檀木上刻著火王爺三個大字。

我之後問了文青，他說以前人們認為火王爺會在品行不良的人家頂上插旗，被插旗的人家不久後便會起火，因此要請道士來家中做法。

這牌位就是當時祭拜用的，隨著年代變遷漸漸也沒人知道由來，可能發現家裡有不認識的牌位後又不敢亂丟，索性丟到警局；而壞人燒起來也只是火王爺在作祂的份內事，之後可以拿去他那邊讓他幫忙供奉。

但是香腸拒絕了文青的提案，他改造了他的辦公桌，做出一個小暗櫃給火王爺並定時祭拜，請對方安分一點，從那之後警局就不再出現不明起火。

我問香腸幹嘛搞那麼麻煩，讓我帶走不是很好嗎？香腸說之後只要他不知道誰是犯人的時候就拜一下，誰燒起來就抓誰，這是雙贏，他工作也可以偷懶，他說完之後頭就燒起來了。

最後，終於來到我最期待的環節，我穿上正裝，帶著帽子遮掩我被燒亂的頭髮，懷著期待的心情來到了附近的公園，那是我跟香腸約好的集合地點。

「來了來了！」香腸從不遠處喊道，我迫不及待的轉過頭去看，一頭穿著警犬背心的拉不拉多正坐在他旁邊傻笑著。

「這就是我們警隊最可愛的隊員，牠叫巴布。」香腸燦爛的笑著，讓我好想打他一拳。

「我可以換第二可愛的嗎？或至少是個人也好。」

「沒辦法。」

「為什麼？」

「那是我女朋友，而且你在警局做出那一串變態發言讓我們女警差點告你。」

「我恨你。」當下我連殺人的心都有了。

「別生氣啦，難道巴布就不行嗎？」

我看了一眼巴布呆萌的笑臉後喊道：「當然可以！」在那之後我擼狗擼了個爽。

「左臂火鳥搜百罪，右手令旗鎖諸惡，萬里炎炎映天霞，斷罪裁惡火王爺。」——《臺妖異談》

17 採船

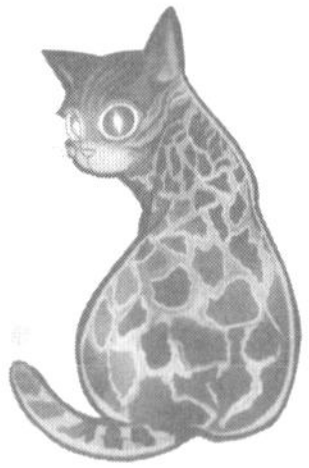

某天晚上我做了一個夢，在夢裡我跟一名胸前雄偉的泳裝美少女在海邊嬉戲著，具體點描述的話就是80％的片山萌美＋20％的橋本環奈。

此時我們兩人正上演著：來抓我啊～你不要跑～的矯情戲碼，而我這人不矯情的，我當下是以百米賽跑最後衝線的氣勢在追著對方，但不管追了多久總感覺我們的距離沒有縮短。

氣喘吁吁的我停下了腳步，躺在地上喘著大氣。對方見狀趕緊跑過來關心，我趁機一個餓虎翻身把對方壓在身下，正當我準備做些普遍級不能播的事情的時候，千年一遇美少女的臉突然變成了久經風霜的老伯。

「我靠!!」突如其來的驚嚇讓我整個人從床上彈了起來，心臟還撲通撲通的跳著，額頭滿是冷汗，上次被鬼壓床時都沒那麼害怕過。

我看了看時間，差不多是早上九點，可以準備去上早八的課，當我準備下床的時候手機響了起來，是文青的訊息。

「你今年會跟我們一起去掃墓吧？」文青問道：「你有來的話阿公比較會給聖筊。」

「會，再跟我說時間。」我放下手機走去盥洗，洗把臉讓意識清醒一點之後我才發現一件事，剛剛夢裡那老伯不就是叔公嗎？

文青和我是遠遠遠房親戚，只是我們剛好住的近，就輩分上我叫他一聲堂哥。而他說的阿公其實不是我的阿公，真要算的話是叔公，也是上任廟公，他走了之後就由文青接了他的工作。

我和文青小的時候常常在廟口玩，叔公會坐在那看著我們兩個，偶爾給我們一些錢去買點心吃。不過他在我高中的時候就走了，每年掃墓我一定會跟去，不只是因為他很疼我，更因為叔公救過我一命。

小學暑假的時候，文青一家趁著暑假的尾聲決定去海邊出遊，便問我們家要不要一起去；因為我父母那時都有事要忙，就讓我一個人跟著他們家出去玩。

到了海邊之後我們自然是玩得不亦樂乎，一會兒游泳、一會兒玩沙，玩了一段時間後，我們倆便趁著大人不注意的空檔稍微跑遠一點去探險。

遠離沙灘人群的一角有一道岩壁，經過海水多年的沖刷而變得坑坑洞洞，我和文青就幻想那是海盜的秘密基地，頑皮的奔跑在其中；後來不知道誰先提出來的，我們決定要比賽誰能先爬到岩壁的最頂端，輸的人請吃布丁。

現在想來那個岩壁幾乎快五公尺高，上面甚至還長滿了苔癬，滑不溜丟的，一個沒注意很可能就直接摔下來，但那時年少輕狂的我們哪管那些，心中想的只有Q彈可口的統一布丁。

比賽信號一下我們便拚了命的開始爬，一開始是勢均力敵，但是爬到一半時文青的拖鞋掉了下去，拖慢了他的速度，我趁機急起直追，最後贏得了勝利。

爬到頂端後不得不說，居高臨下看著海天一線的風景真的很漂亮，就算是年紀小的我一時也看呆了。就在這時我看到遙遠的海上有一艘帆船，三根桅杆上揚著巨大的船帆，雖然在汪洋之中它就像一顆小芝麻，那時的我卻被那艘帆船奪走了心神，就連文青已經爬上來了也沒注意。

在他不斷地喊叫下我才終於回過神來，興奮的指向那艘帆船的方向跟他分享，他卻說並沒有看到，我便虧他一定是書看太多看到都近視了。

在我們倆爭吵到一半時大人們的怒吼聲突然傳來，文青的父母竟然找到了我們，正站在岩壁下生氣的罵著，最後我們只能認命的乖乖爬下去，還被用力的打了好幾下屁股。

回程路上我望著車窗外的大海，希望能再看一眼那艘帆船，但卻沒有看到，只好在心中想像自己坐上那艘帆船的樣子。

隔天，我發燒了，父母以為我是去海邊吹風感冒，帶我去跟醫生拿了幾顆退燒藥便回來。在高燒中我恍惚想起了那艘在海上帥氣揚帆的帆船，似乎看到了船長及船員們在跟我招手並邀我上船，我高興的答應且走上了船。

他們給了我一套船員衣服，教我怎麼在桅杆上攀爬及觀看天象，我彷彿成為了一名走遍四海的水手，十分開心，就這樣我感覺在船上過了好幾天。

某一天的晚上，船長問我願不願意成為他們的船員，我聽了很高興，滿口答應，同時一聲熟悉的喝斥聲傳來。

「不准！」這中氣十足的聲音我很有印象，我把虎爺當成娃娃要從神桌下抱出來的時候，叔公也是這麼吼我的。

我回頭看去，果然是叔公，他正怒瞪著我身旁的船長，而叔公的身旁還站著一個人，但他渾身發著金光讓我看不清他的臉。

「阿弟仔，過來，跟叔公回家。」叔公嚴肅的招手道。不過我心中的冒險夢讓我有點猶豫，俗話說人要趁年輕時勇敢追夢，國小的我應該夠年輕了吧？男人應該都要年少輕狂一回吧？

「過來，等等叔公買炸雞給你吃，要夾什麼隨便你。」

再見夢想，你好炸雞，有東西吃誰他媽要追夢，男人就是應該務實。

意志不堅的我瞬間放棄夢想就要跑向叔公，一股力量卻把我提了起來，我轉頭一看正是船長。

「這小鬼是我的，別想帶走。」船長一改平常的和藹可親，凶狠的語氣讓我十分害怕，頓時哭了起來。

「妖魔鬼怪冥頑不靈，放開我孫子，否則要你好看！」叔公吼道。

「不放！老東西你也是，既然來了就別想走！」隨著船長一聲喝下，其他水手便將叔公跟那金色人影包圍起來。

叔公搖搖頭，朝著那金色人影恭敬一拜，那人影點點頭，邁開步伐便往船長走去，絲毫不將包圍網放在眼裡，眾水手們似乎十分懼怕那金光，一時之間無人敢上前。

金人走到了船長面前，話也沒說，手掌向上招了招手，意思是趕快把我交出來。

「你別以為有神光護體我就怕你！」船長喊道：「規矩你是懂的，這小鬼答應了我，我不放人你也帶不走！」

金人依舊沒說話，又招了第二次手，船長仍是不放我；招了第三次，船長也是不放我，最後金人放下手，轉身便走。眼看是要放棄我，船長見狀放聲大笑，我更是哭得稀哩嘩啦。

但是那金人並沒有走回叔公那，而是走到了桅杆旁，手指比了一，下一秒金人一腳踹出，足足要兩人合抱的桅杆被踹成了兩半，四周的水手趕緊圍上來扶住才沒有讓它整根倒下。

「你幹嘛？」船長急迫地喊道，但金人沒有理會他，自顧自地走向第二根桅杆，手指比二的同時又是一腳踢出，第二根桅桿也宣告身亡，另一群水手趕緊衝去扶著。

「你這是耍流氓！我照規矩來的，我也沒硬逼他啊，你不能這樣！小鬼你說我對你好不好？我沒逼你吧？」有一說一，他確實沒逼我，只能說人在簽約前要詳閱風險。

但那金人一樣不管船長，走到最後一根桅桿前，慢慢伸出第一根手指，然後是第二根手指。

「我放！」船長哭道，有那麼一刻，我覺得船長挺可憐的。

當我醒來時人是在醫院，父母跟叔公正站在病床邊，聽我父母說我已經連續發燒快一個月，而且昏迷不醒差點人都沒了，我卻沒啥感覺，開口就問叔公什麼時候帶我買炸雞。

出院之後我去廟裡找叔公，問他當初那名金人是誰。叔公沒有明說，點了三炷香讓我跪在神壇面前恭敬的三跪九叩。當我叩到最後一下時，我感覺到有一雙手溫柔的摸上我的頭，我抬起頭時以為是叔公，但叔公卻站的離我有些距離，當下我也沒多想，叩完頭就纏著叔公買炸雞去了。

在掃墓的過程中我想起了這段回憶，一邊笑一邊拿香拜叔公，最後燒金紙的時候我趁著眾人不注意丟了一本書進去，書名是《二〇二五讓你血脈噴張的美女們！海灘比基尼特輯！保證G以上!!》。

叔公，我知道的，你今年是要泳裝妹子對吧，而且要大的，去年是旗袍，前年是兔女郎。不過你下次能不能換個方式託夢或是至少讓夢做的長一點，每次都斷在重要關頭對心臟很不好。

放心吧，我不會讓嬸婆知道的，我還記得小時候你拿錢讓我們偷偷去雜貨店幫你買寫真集，找的錢給我們買糖果吃，結果被嬸婆發現後把你鎖在家門外的事，那時候你只能睡在廟裡，想想就好笑。

明年見了，叔公，可以的話保佑我早日交到女朋友。

「阿弟仔？你剛剛燒了什麼啊？」嬸婆溫柔的聲音在我背後響起。

叔公救我。

「昔安平有人目見王船遊空，大病。族人祭千歲，得示，乃王船徵夫，是為採船。千歲攜斧，刃劈王船，魂兮歸來，病人遂醒。」——《臺妖異談》

18 鯊鹿兒

大家好，雖然有點突然，但我現在正處於生死關頭，也不是真的說要死了，但是情況就是這麼嚴峻，我不知道我還能撐多久，所以想把我經歷的一切全部記錄下來，幫助之後的人。

事情的開端是大概兩個禮拜前，我們家那邊的火車站因為鄰近學區，所以開了許多便宜又好吃的店家，還有電影院跟卡拉ＯＫ等娛樂設施。於是我和朋友們約在那邊吃飯，吃完之後我走到火車站四處晃晃，原本想說看一下女高中生感受一下青春活力。

就在這時一位女孩子上來跟我攀談，她穿著黑色的西裝外套及黑絲窄裙，看上去就像剛下班的ＯＬ。

「先生您好，請問您今天過得好嗎？方便跟您介紹一些東西嗎？」

她那時用著異常開朗的聲音跟我打招呼，我從那奇怪的開場白已經隱約察覺到了，這應該是火車站那常見的推銷，自從我花了五百元買了一組會斷水的愛心筆之後，我已經對人性失去了信心。

「不用了，我趕時間。」我瀟灑的揮揮手就要轉身離去，但是對方迅速移動到我身前繼續挽留著我，一邊說話的同時身體不自然的前傾，使我避無可避的注意到她那忘記扣上的領口鈕扣及上進的事業線，我是說事業心。

老師有教過我們凡事不能先入為主，說不定對方是真的要介紹好東西給我，就算不是，萬一她因為缺了我這個業績而被老闆責罵最後被開除流落街頭怎麼辦？於情於理我都應該要跟她好好交流一下，我真是恨我這過度氾濫的愛心，絕對不是因為對方很有誠意。

ＯＬ帶我來到街邊的一個小攤位，上方吊著一條紅布條用斗大的字寫著「Salu大人最可愛」，這獨樹一格的標語讓我有點疑惑，一時猜不出他們是什麼類型的推銷。

「請問你有聽過Salu大人嗎？」ＯＬ拿了一本書坐在我旁邊開始解說他們的故事。聽到後來我才知道他們是某種宗教，故事內容不外乎就是人世間罪惡太多，而Salu大人會幫助他們累積功德最後超脫紅塵獲得幸福。

其實我也沒聽得很清楚，因為ＯＬ在講解的同時還靠在我身上，連帶讓我感受到她那巨大的事業心，看來她今天應該是很累了，這麼有毅力的話那我更應該捐點錢給他們，畢竟草創不易。

唉，我這人缺點就是太有愛心，得改。

接著她拿出了一個娃娃，粗暴一點的描述就是IKEA的鯊魚娃娃上被縫了一對鹿角，鯊魚身上還有著梅花鹿般的斑紋，一股滿滿的絨毛感似乎會很受小孩子喜愛。

「這就是Salu大人的模樣，如何，很可愛吧！」

「所以Salu大人是鯊魚還是鹿？」

「都不是，是Salu大人。」她的眼神是如此的堅定且不容質疑。

「自從我把Salu大人供奉在家後覺得整個人都改變了，不僅早睡早起身體健康，還開始讀書考了好幾張證照，現在還在大公司上班。這是兩年前的我想都不敢想的，那時的我成天窩在家，只能靠著父母的幫助過日子。」

「我覺得這應該是妳個人的努力……」

「不對！是Salu大人的幫助！」

「喔……」看著對方澄澈的眼神我也不好多說什麼，而且Salu大人對她的影響似乎挺不錯的，應該不是什麼奇怪的宗教。

最後OL給了我一些相關書籍以及一隻Salu大人的娃娃，令人意外的是並沒有向我勸募，真的只是跟我介紹而已，讓我對他們的印象不錯，再加上那娃娃還挺可愛的。

我在床邊的架子上清出了一個位置擺著，並且玩鬧性的在娃娃旁擺了一杯水，那是OL說的供奉方法之一，她說如果沒空的話放杯水給Salu大人也可以。

就這樣過了兩三天我發現了一些異狀，不對，應該說當時的我沒有注意到，直到現在寫這篇的時候我才發現事情從那開始就不對勁。

首先我開始提早上床睡覺了，我知道這聽起來很扯淡，但這真的有問題。原本我總是會在床上多滑三小時左右的手機，不到天亮不罷休的那種，現在我躺上床就會萌生出必須早點睡的想法，滑手機的時間也漸漸減少，最後甚至不滑了，天真的我還以為是自己長大了。

後來事情越來越嚴重了，我的記憶開始出現斷片。有一次我突然發現自己坐在書桌前讀書，讀書欸！要知道除非要被二一了，不然我是不可能念書的。

現在我甚至在為了一次不影響成績的隨堂小考在念書，旁邊還有用不同顏色螢光筆做成的筆記，重點是我家根本連筆都沒有！自從高中畢業我再也沒碰過鉛筆盒，筆都是跟隔壁桌借的，但我完全沒有去書局的記憶。

於是我開始檢查是否還有這種我沒有記憶的東西出現，最後我從洗手間發現了牙線，從冰箱找出了波蜜100%蔬果汁跟無糖豆漿，甚至還有一條全麥吐司！

我正在不知不覺變成一位傑出青年。

可能你們會覺得這樣很好，但這些都是我在無意識的情況下做的，再這樣下去我還是我嗎？我很快就會變成那種滿口，今天運動了嗎？最近有沒有閱讀？周末要不要去爬山的那種成功人士了嗎？

突然一種恐怖的想法從我腦子冒了出來，我顫抖著手指打開了電腦的D槽，眼前的景象讓我崩潰了，它是空的……。

「畜生！」我憤怒的捶著桌子，那是我活著的希望和生存的動力啊！不過仔細想想，看這些成人片對我的成長並沒有實質幫助，不如把那些時間拿來看一些充實心靈及知識的書籍或影片。對了！我記得老家的櫃子裡還藏著幾本寫真集，我應該找時間回去處理掉。

「啪！」我甩了自己一巴掌，試圖找回正常的自己，要冷靜，我要冷靜，這個時候就要數質數，二、三、五、七森莉莉、橋本有菜、大槻響、上原亞衣、明日花綺羅……。

好了，你們也看到我漸漸的已經失去正常，我真的不知道還能支撐多久。櫃子的Salu大人娃娃已經被我丟出窗外，我的情況卻還是沒有好轉，我已經打給文青，他說他現在正在趕過來的路上，讓我先堅持住。

我剛剛也在網路上搜尋了Salu大人是什麼，但除了他們宗教的官網什麼東西都沒有，所以我又搜尋了像鯊魚的鹿及像鹿的鯊魚，找到了「鯊鹿兒」這個名詞，聽說是一種可以在鯊魚跟鹿之間變來變去的妖怪，不過這並沒有解釋為什麼我會變成這樣。

但在搜尋結果裡有一個奇怪的部落格，叫什麼「臺妖異談」，取這名字感覺作者挺中二的，這裡我節錄其中幾段：

二〇二四年三月記錄：鯊鹿兒的性質值得令人深思，它究竟是鯊魚還是鹿？一個是肉食性一個是草食性，早期的人究竟是如何將兩種生物聯想到一起的呢？資料中也僅僅記載看到變身的過程，而且還不只一次，但為什麼都是鯊魚跟鹿呢？

這裡我大膽假設鯊鹿兒有著變化本質的能力，而且是完全相反的變化，才能從陸上草食性的鹿變成海中肉食性的鯊，而這是否只能作用在自身有待商榷，畢竟妖怪我們現在也看不到，說不定根本不存在。

不過我之前聽說有一個宗教供奉的神像和鯊鹿兒很像，我已經潛入調查過了還收到一個娃娃，看上去確實很有鯊鹿兒的感覺。

二〇二四年四月記錄：研究下我發現鯊鹿兒根本不是Salu大人，Salu大人是光，是照耀整個汙穢世間的光，它會以它的可愛拯救我們的心靈，消除我們的罪孽。Salu大人最可愛！Salu大人最可愛！Salu大人最可愛！

我不知道這個作者是受它的影響還是原本就是教裡的人，總之Salu大人真的很危險，如果你在路上看到類似的勸誘，請記得及時拒絕，連嘗試一次都不要。

我剛剛好像聽到我的門鈴響了，應該是文青到了，我先去幫他開門，記得，不要接近Salu大人。

「相傳臺鹿皆鯊魚所化，然沿海俱有鯊，即臺地山前亦有之，未見有化鹿事；獨後山鯊魚隨潮登岸，即化為鹿，毛色純黃，其孳生者始有梅花點。」——清・丁紹儀《東瀛識略》

「臺灣有沙魚，出則風起。每當春夏之交，雲霧瀰漫，即跳海岸上作翻身狀，久之仍入水中。如是者三次，即居然成鹿矣。」——清・翟灝《台陽筆記》

「自古台有鯊變鹿及鹿變鯊之傳說，是為鯊鹿兒。是鯊非鯊，是鹿非鹿，然一非肉不食，長居水中，一非草不食，終居陸上，物之本質豈如此容易變換？或是非鯊非鹿之物？久思難解，終頓悟，皆因Salu大人最可愛。」——《臺妖異談》

最可愛

SALU 大人

19 婆娑鳥

大家還記得阿標嗎？就是那個不小心把蜘蛛作成標本之後被送醫院兩次的阿標，經過上次的事件之後，阿標再也不做標本了，但是他那滿腔熱情頓時無處宣洩，於是他從標本製作轉行了，變成小廢物收藏家。

我知道這樣講有點偏頗，有些東西在特定人眼中確實是寶物，說不定只是我的價值觀跟他不太合而已，所以我舉幾個例子讓你們自己判斷一下。

他上次買了一個用來壓泡麵的消波塊，但是重量太重所以會整個掉進麵裡；還有卡比造型的桌上吸塵器，不過是盜版的，所以連橡皮擦屑屑都吸不起來；最扯的是只能量一公分的尺，而且還不準！

我問過他為什麼愛買這些完全沒用的東西，他說他就喜歡它們廢廢的地方，看到它們時就會心一笑，不失一種雅趣。

他講的有些詩情畫意，讓我有點動搖，是不是我慧根不夠不能理解這種高等思維？直到他拿了一個釋迦牟尼佛的杯子倒了一杯紅茶給我喝，跟我說這叫我佛慈杯，我一邊從佛祖的天靈蓋喝著紅茶，一邊想著這傢伙沒救了。

有一天阿標興高采烈的拿著一根雞毛撢子來了我家，更正，是掌上型的雞毛撢子，手柄還是一顆雞頭。他說這根雞毛撢子是神奇的雞毛撢子，可以保佑人心想事成，萬事如意，我滿臉不信，問他有什麼根據？他說這叫萬事大雞（吉），我無言以對。

「那你突然拿這個給我幹嘛？」我問道，無事獻殷勤，肯定有問題。

「我們畢竟當過一年室友，之前出事的時候也是多虧有你幫忙，所以買了個開運小物給你。」

「說實話。」

「我家東西放不下了，門口還有兩箱，借我放幾天。」

「滾。」

口頭上說是這麼說，但看在他之前有給我考古題的份上，我還是讓阿標借放了，至於那根雞毛撢子也被我放進包包，也不是說真的相信有那麼神奇，不過有總比沒有好吧？萬一真的有用呢？

不過幾天下來我感覺好像沒什麼用，抽卡一樣槓龜、約學妹出門一樣被打槍、蹲在女生宿舍門口一樣被報警，不過保全杯杯有送我一塊薑糖，說警察局裡面冷要注意保暖，雖然警察是他叫的。

盡管運氣沒有變好，我卻總覺得周遭情況有點變化，走在路上有學弟莫名其妙送我雞排吃、去巷口麵攤吃飯的時候老闆也多送我一顆滷蛋，甚至家聚的時候學長也記得請我了，之前都要我自己想辦法跟去。

我原本對這情況很滿意，有免費的東西吃何樂不為？

直到有一天賭神說要請我吃飯，要知道賭神這個人手上的錢只有兩種用處，賭錢用跟輸錢用，從來只有我們請他吃飯，沒有他請我們吃飯的，而且昨天晚上我剛把他的褲子贏過來，我很確定他現在身上一毛錢都沒有。

「你哪來的錢請我吃飯？而且還要吃海港？」我疑惑的看著賭神，從他憔悴的面容看得出他自己已經三餐不繼了。

「沒有啦，幾次輸到沒錢都是靠你餵食，想說要回報一下。」

「是這樣喔？不過你到底哪來的錢？」

「錢不重要啦，但我一定要請你吃飯。」

「你錢到底哪裡來的？」

「……你知道人的肝其實挺值錢的嗎？」

「快住手。」這頓飯也太沉重了吧！

「沒事沒事，其實我們也不用去吃海港，反正只有我們兩個，可以找個燈光美氣氛佳的地方吃，然後聊聊人生方向。」賭神抓住我的肩膀說道。

「你這台詞我上次用過了，被打槍。」我打哈哈說道，同時感到賭神的眼神越來越不對勁，手上力道也越來越大。

「好了我們走吧，吃完還可以去看看夜景。」

「下次好了，我對夜景過敏。」我試圖用學妹應付我的藉口對付賭神，他卻好像沒聽到一樣，甚至慢慢的把我壓到牆邊。

「昨天晚上輸錢給你的時候我心中一直有股燥熱感，好像我輸的不只是錢。」

「是還有一件褲子啦，但我有還你。」

「沒錯，當我脫下褲子的時候我明白了，我想脫的不只是我的褲子。」賭神的眼神越來越恐怖，讓我心中警鈴大作。

「還有你的褲子！」

「我去你的！」

賭神一說完雙唇便往我湊來，我立馬一記頭槌把他擊退，接著又是一腳直接把他踹翻在地。有沒有收住力道我不知道，貞操危機在前不容我多想。

趁著賭神倒地不動的同時我開始思考他怎麼會變成這樣，我知道我魅力過人但賭神絕對不是男同，所以要不他有問題就是我有問題。

很快的我想起了那根雞毛撢子，急忙衝進房間從包包裡翻出來，之前沒太當一回事所以沒有仔細看過，只見雞毛撢子中有一根黑色羽毛淡淡的發著光，看來肯定有鬼，阿標你到底買了什麼?!

不過我還來不及採取下一步行動便聽到後方傳來腳步聲。

「寶貝，怎麼那麼用力？不過我喜歡。」

我一個回身又是一拳打在賭神臉上，抱歉了賭神，我知道問題不在你，但為了我的貞操你就犧牲一下你的臉，反正你也沒我帥。

一邊在心中向賭神懺悔我一邊奪門而出，跑到樓下的時候剛好遇到我另一位同學，大鳥，此時的他正在停摩托車，車頭還掛著一包塑膠袋。

「怎麼了？這麼慌張？」大鳥疑惑道。

「別管了，摩托車先別停，快載我離開這！隨便哪裡都行！」我好像聽到賭神衝下樓梯的聲音。

大鳥雖然搞不清楚狀況但還是馬上發動摩托車把我載走，就在我們騎出一段距離之後賭神剛好跑到門口，神情瘋狂的追著我們的車，嘴裡還大喊著我的愛不要走之類的話。

大鳥見狀有些擔心，慢慢地開始減速，我立刻阻止他，並騙他說賭神只是要跟我借錢，總之先別理他。大鳥雖然疑惑但還是選擇相信我，跟我說要不要先去他家躲著？我一時也想不出來要怎麼辦，決定先去大鳥他家安頓下來再思考。

到了大鳥家之後，我認真的端詳起那根雞毛撢子，老實說除了有根微微發著光的黑色羽毛之外，它就只是作工很差的雞毛撢子。

雖然我不是很清楚一根會發光的雞毛撢子會不會導致現在的狀況，不過有問題的東西總之先燒了吧，電影裡都這樣演，例如魔戒。

我走向大鳥家的廚房，想說直接用瓦斯爐比較快，卻看到大鳥已經站在那煮東西，他指了指旁邊的塑膠袋，說原本包了一鍋三媽臭臭鍋要來給我吃，不過有些涼了，他幫我加熱一下。

「怎麼突然包了個火鍋給我吃？」我感覺氣氛有點不對。

「上次看到你好像有點瘦了，想說幫你補補身子。」

「哈哈，三媽能叫補身子嗎？」我緩慢的退開腳步，試圖不要刺激到大鳥。

「剛剛……賭神說的話是什麼意思？」大鳥停下手中攪拌的湯匙說道。

「就、就、就跟你說他是要跟我借錢，如果今天我跟你借錢也會叫你乾爹的。」

「他可不是叫你乾爹。」大鳥離開鍋邊緩緩的朝我走來，接著兩隻手按在牆壁上把我壓在牆邊。

「賭神可以，我就不可以嗎？」

救命，真的救命，雖然我每天都在祈禱讓我有心動的邂逅，不過被男生壁咚真的不是我要的。

我試圖尋找任何一絲可以讓我逃掉的空隙，但是大鳥不愧是籃球隊的，近距離卡位做得滴水不漏，好吧，置之死地而後生！

「當然可以。」我答道。

「真的？」大鳥喜出望外的說道。

「當然，你不信我？」我回道：「不然你閉上眼睛。」

「好！」大鳥純情的閉上眼睛，臉上表情滿是期待。

接著我便是一記膝撞往大鳥的大鳥擊去，要害受到攻擊的大鳥立刻痛苦的跪坐在地。

抱歉了大鳥，等事情結束我再請你吃麥當勞而且薯條飲料加大。

來。

我趕緊走到瓦斯爐前把火鍋移到一旁，並把雞毛撢子丟到火中，頓時一股焦臭味傳

正當我以為事情告一段落的時候，一股巨力把我推倒在地，我反應不及腦袋在地上狠狠的撞了一下，就在我意識矇朧即將要昏過去的時候，映入我眼簾的是大鳥的臉。

再度張開眼睛的時候我正躺在床上，四處張望了一會確定這是醫院，回想起昏迷前的情景我立刻檢查了全身上下的衣服，看上去還完好，好險。

「你醒啦？」大鳥端著一杯水從門口走了進來，跟我說不知道為什麼看到我昏倒在他家，總之先叫了救護車，我除了後腦有點腫之外基本上沒大礙，醒了就可以退院，這幾天注意一下身體狀況就好。

我又問大鳥他家的瓦斯爐有沒有什麼奇怪的東西，他說多了一堆灰燼，但他已經清掉了。看來那根雞毛撢子已經被燒了，我心安了下來。

「下次再來我家吃火鍋。」大鳥突然說出這句話讓我又緊張了起來，他該不會還記得一切吧？

「沒有啦，廚房不是擺著一鍋三媽嗎？你原本應該是來我家吃火鍋的吧？」

好險好險，看來他是真的不記得，就在這時，我的手機響了起來，是阿標。

「喂喂？我聽大鳥說你住院了，正好，我剛好有買一個開運小物，聽說可以保平安，不用跟我客氣，不過你家可不可以再借我放兩箱東西？」

「滾！」

「妖鳥大如鶯，身五色，集處百鳥環繞，銜物獻之，飛集他樹，百鳥亦隨而環繞之：若士卒之衛帥也。」——清．周璽《彰化縣志》

「雄為五彩斑斕似鳳凰，雌則通體灰黑如金烏。一呼百應，百鳥朝貢，是為婆娑鳥。」——《臺妖異談》

19 婆娑鳥

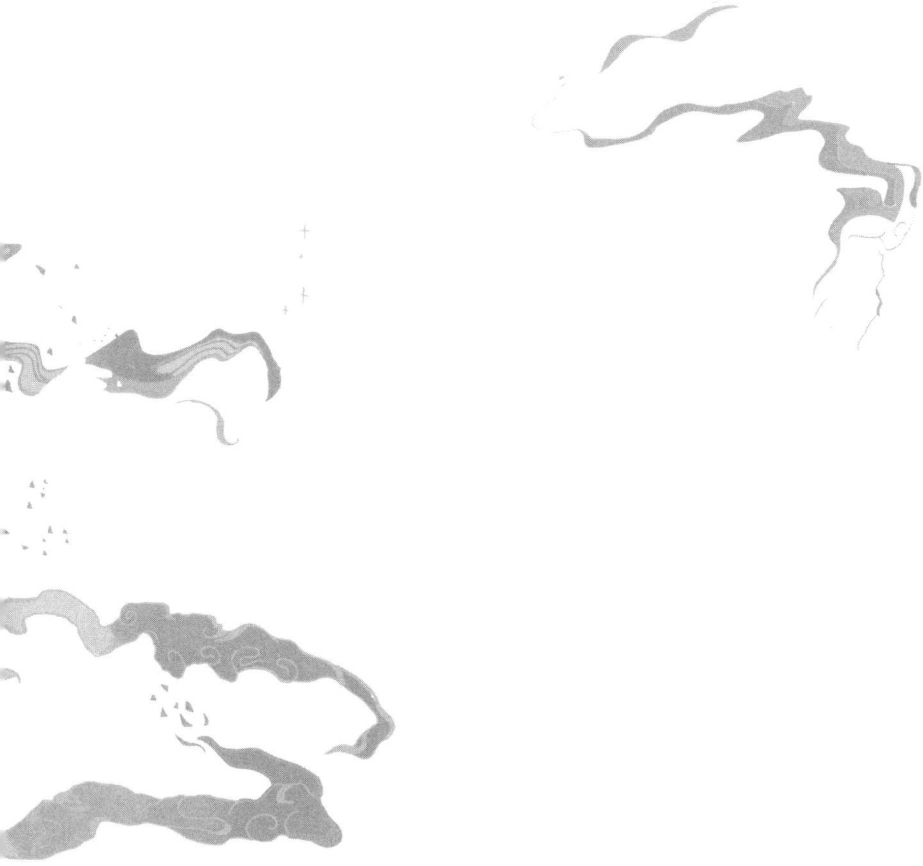

20 魔尾蛇

我大學時有一位同學，外號在臺俄羅斯人，意思不是他長的像外國帥哥，而是他把酒當水在喝，酒精在他眼裡就是第六大營養素，飯可以不吃，酒不能不喝，為了方便稱呼，文中暫稱他為酒鬼。

酒鬼的事蹟有很多，曾經有一次我們半開玩笑的在他的水壺裡倒高粱，看他會不會發現，打開來卻發現裡面早已裝滿伏特加。或是去酒吧的時候把長島冰茶當麥茶、野格炸彈當蠻牛，那嚴重酗酒程度讓我無比擔心他的肝功能，而且他無時無刻都在追尋著美酒，IG上常常分享自己買到哪一款好酒，或是又跑去哪間酒吧挑戰他們的烈酒調酒。

「你知道世界上最烈的酒有96％嗎？不過一瓶通常要七、八百元。」有一次酒鬼認真看著全聯架上的95％消毒用酒精如此說道，一旁貼著「買一送一，一瓶僅需七十元」的促銷標語，然後他打哈哈的說他是開玩笑的，但是我看見了他手上的手機畫面停在google，搜尋結果是消毒酒精能不能喝。

有一天，酒鬼密我說他拿到一罈絕世美酒，邀我今宵趁著良辰美景共飲此酒。我雖然沒他那麼愛喝酒，但是酒鬼口中的美酒肯定不同凡響，沒有多想就答應了。

當我來到酒鬼家後，已經看到一群人坐在桌旁，桌上擺著一罈酒。

沒錯，一罈酒，不是一瓶，還是要用抱的才拿得動的大小。那罈酒是透明的玻璃瓶，琥珀色的液體中泡著一根像枯樹枝的東西，東西大概跟小孩手臂一樣粗，上面有一支支的分岔，看上去就像綻開的花一般，我下意識明白這應該是藥酒。

「蛇鞭酒。」酒鬼得意地介紹道：「我從網路上買的，一罈五百元。」

「這是蛇鞭嗎？哪種蛇有那麼粗的鞭啊？還帶倒鉤的？」我湊近酒罈仔細端詳道。

「蟒蛇吧。」酒鬼聳肩道。

「你剛說你買多少？」

「五百。」

「怎麼可能！這是假酒吧？」五百元的藥酒打死我都不信，聽到價格的眾人也有些卻步，開始推拖，像是對酒過敏或是今天運勢不宜喝酒之類的。

「你們到底喝不喝？」

「「「不喝。」」」

「壯陽。」酒鬼道。

「不喝是傻瓜。」

「給老子滿上！」

「今天誰沒醉的不要做兄弟。」

被酒鬼巧妙說服的我們興奮地打開了酒罈的蓋子，一股濃重的中藥味瞬間充滿整間屋子，讓人鼻頭一縮，看來確實是真材實料，或是香料加很多。

酒鬼發給每人一個酒杯，拿出酒勺一一倒滿，舉杯道：「敬美酒。」

「「「敬美酒！」」」

我一仰頭，毫不猶豫的喝乾杯裡的酒，中藥味迅速衝進鼻腔內，一股灼熱感慢慢的從喉頭順著食道落到腹中，讓我不由自主的呼出一口氣。

第一杯下肚後發現感覺確實不錯，大家便拿起酒勺自己舀了起來，一杯接著一杯，甚至划起了酒拳；大概過了一小時，酒罈慢慢見底，大家也都喝的肚子脹起，醉意漸漸上頭，紛紛倒在地上。

我今天不知道是運氣好還是不好，划酒拳時一直划贏，喝的比較少，勉強還可以支撐著；至於酒鬼則是直挺挺的站著，明明他喝的是在場最多的，只能說不愧是他。

眼看還剩下一點，酒鬼便抱起了酒罈，豪爽的一飲而盡。

「好啊！」我拍手道。

「好酒！」酒鬼喊道，腳步一個踉蹌也跟著倒在地上。

眼看在場沒一個清醒的，酒也喝完了，我索性也閉上眼睛睡了過去。

當我起來時外面天已經黑了，我們是從下午三點左右開喝的，現在已經接近晚上七點。我伸了伸懶腰，正打算叫醒其他人去吃點晚餐，卻發現事情有點不太對勁。

客廳裡不知道從什麼時候開始瀰漫了一股紫色煙霧，我當下還以為是失火了，趕緊跑到廚房查看，但是瓦斯爐也沒開。我看了看四周，發現紫色煙霧是從酒罈中飄散出來的，酒鬼剛剛喝完後就直接放在一旁。

所以我才說這是假酒嘛！

直覺告訴我這個煙霧肯定有問題，我趕緊拿起蓋子把酒罈口封好，並打開所有的窗戶通風，然後試圖把大家都搖醒，但是不管怎麼叫都叫不起來，我甚至每個人都甩了兩巴掌。

這時我才發現每個人的神情都十分痛苦，不知道是不是我剛剛打的太大力，我湊近其中一位愛吃美食的同學A仔細端詳，隱約聽到他在說著夢話。

「我不要吃三色豆……不要……為什麼所有東西上面都有三色豆……連珍奶都有……」

太殘忍了，我不忍再聽下去，轉頭看向另一位曾經在遊戲上課金課到差點餓死的同學B。

「為什麼這遊戲沒有保底？我要課到什麼時候才抽得到角色？啊，抽到了……為什麼他被削弱了？」

更殘忍了，但也因為這樣我大概看得出規律了，他們兩人明顯都在做惡夢，如果我的猜測沒有錯的話，酒鬼現在應該也是一樣的情況。

「我的酒呢？我還要喝、我還要喝酒……」說實在的我分不清楚他是不是也中招了。

雖然不知道為什麼我沒事，總之現在我得先把他們都叫醒，所以我又賞了他們三人各兩巴掌，多少帶點私仇的那種。

在疼痛的刺激下另外兩位同學總算是起來了，只是不知道是不是因為酒鬼喝得最多，他還是滿臉痛苦的做著惡夢。沒有辦法，我從浴室拿了個水桶裝滿水往酒鬼臉上無情一潑，他卻還是沒有醒來，甚至開始碎念說他不要喝水，要喝酒。

我跟另外兩人解釋了一下情況，希望他們幫忙想想有沒有什麼叫醒他的方法，我們三人圍著躺在地上的酒鬼思考著怎樣可以給他最大的痛苦……我是說怎樣可以叫醒他。

這時不知道是誰瞥見了門邊的衣帽架，剛好又有一名倒臥在地的男子跟圍在他身旁的男孩們，兒時青春的美好回憶慢慢的在眾人腦中甦醒，那是年少輕狂又帶著些許不堪的回憶。

「阿魯巴……」同學A歪頭道。

「阿魯巴？」我驚訝道。

「阿魯巴。」同學B拍了拍我的肩膀，堅定地說道。

「唉，阿魯巴。」我妥協道。

我們分別抓住酒鬼的一隻腳，剩下的一個人抓住酒鬼的雙手，把他整個人大字形的抬了起來，讓他呈現下方門戶大開的姿勢。

我們三人再次確認過眼神，看來真的要動用到這終極手段了，我先聲明，我沒有一絲一毫的興奮感，並對此行為抱有強烈的罪惡感——才怪。

「阿魯巴!!!」我們三人大喊道。

「不要啊!!!」不知道是不是因為聽到關鍵字，使得酒鬼的兒時回憶急忙死命地喚醒他，在我們抵達終點的前一刻酒鬼竟然奇蹟似的醒了過來。

但是，已經太遲了。

「真虧你們買的到這東西。」文青在電話中說道：「我也只在書中看過而已。」

喝完酒的三天後，酒鬼把那根蛇鞭用報紙包好後拿給了我，看著他有些內八的腳步讓我有點暗自竊喜……我是說於心不忍。

酒鬼原本想向那個賣家申訴，但賣家竟然人間蒸發，連網路賣場都關了，氣得他多喝了兩罐高粱。至於那根蛇鞭我用店到店寄給了文青，當初原本想直接丟垃圾車，但想了想這種不明底細的東西最好還是交給文青處理，誰知道會不會有什麼後續詛咒之類的，這種事也不是沒有發生過。

「所以這到底是什麼？真的是蛇鞭嗎？」

「對一半，這是魔尾蛇的尾巴。」

「魔尾蛇？」

「聽說以前臺灣海上很多，最大的可以到三、四十公尺吧。」文青解釋道：「我想想那段是怎麼說的……好像是『尾有梢向上，如花瓣六、七出，紅而尖；觸之即死。』」

「哇靠有毒啊！」我趕緊拿起垃圾桶就要催吐，卻又想起來我剛剛午餐吃的是麥當勞，這一吐很浪費。

「怕什麼，我就沒看過像你這麼命大的，況且都那麼多天了，不是也有人拿毒蠍泡酒喝的嗎？」

「我覺得這性質不太一樣。」

文青說道：「也有一說是魔尾蛇會使人作惡夢，再趁機以夢為食，看來應該是比較接近這個，別想太多了，叫你朋友下次別亂買東西，酒也少喝點。」

「我盡量吧。對了，為什麼只有我沒做惡夢？」

「對你來說，你的惡夢是什麼？」

「交不到女朋友。」

「那就對了，這樣還做什麼夢啊，你免疫。」文青說完後就掛斷電話了，留下我一個人慢慢推敲他最後的那段話，最後我默默地撥通了酒鬼的電話。

「酒鬼，晚上喝酒嗎？借酒澆愁邊喝邊哭的那種。」

「喝！」

「尾有梢向上，如花瓣六、七出，紅而尖；觸之即死。」——清．李麒光《臺灣雜記》

「身長數丈，尾有毒，幻霧惑人，食人恐懼，海上魔尾蛇。」——《臺妖異談》

21 竹鬼

我的四舅媽住在鄉下，具體有多鄉下呢？大概是半公里沒半根路燈，便利商店定期要派貨車去賣物資的那種鄉下。

早年她跟四舅兩人相依為命的住在那，他們的房子是結婚時四舅親手一磚一瓦蓋出來的，在那時有這樣一套房子也算有頭有臉了。

房子後面有座山，山上滿是竹林，四舅平常就是大清早上山砍竹子去賣，但是某一天四舅上了山就沒回來，隔天才被人發現死在一處山溝中。

那山路四舅走了半輩子，我相信就算閉著眼睛四舅也不會迷路，所以掉進山溝裡實在是令人難以置信，但是四舅媽卻笑笑的說道：「肯定是那老不死的瞞著我偷喝酒，喝酒喝死的，活該。」確實四舅是愛喝酒的，常常因為這樣跟四舅媽吵架，好幾次都因為喝酒喝太晚被四舅媽鎖在門外。

雖然每次提到四舅她總是這種笑罵的態度，不過我知道她是想四舅的，因為飯桌上總是會留著四舅的那副碗筷。

但是造化弄人，如此堅強的四舅媽患上了阿茲海默症，慢慢的忘記東西放在哪或是吃過飯了沒，甚至會不知目的的出門遊蕩，不幸中的大幸是她不會忘記自己的家在哪，每次外出後總是會記得回家。

又過了幾年，情況越發嚴重，她甚至忘記了四舅已經死掉，有時候會坐在門口大半天等四舅回來，更讓人提心吊膽的是，她偶爾中午會上山送便當給四舅，那山路連四舅都會出意外，何況是得了阿茲海默症的老婦。

就算沒有失足山上還有毒蛇，所以每次都得出動全村人上山搜索，不過可能是四舅在天有靈，四舅媽至今還沒出過事。

大學暑假的時候，四舅媽的看護上山找她途中不小心踩空摔傷了腳，於是在找到新的看護之前必須有人先幫忙照顧她，我義不容辭地擔下這個重責大任。一來是暑假的時候我比較空閒，二來四舅媽在生病前一直都對我很好，每年包紅包時總是比同輩的孩子多包了一、兩千給我，我爸說可能是因為我長的像四舅。

為了交女朋友，我總是會學習多項技能以備不時之需，掃地煮飯洗衣疊被暖床縫紉都多少略懂一點，所以照顧一個老人還是不成問題的；也可能是因為我真的長得像四舅，四舅媽看到我總是「阿仁」、「阿仁」的叫，那是四舅的小名，而且偷跑出去的頻率也下降了，照顧起來格外輕鬆。

某天晚上我思考自己是不是會就此孤老終身，不禁悲從中來難以入眠，就想著爬起來煮碗泡麵撫慰一下我空虛的心靈，但我走出房門的時候發現了一件不對勁的事，大門是開的。

遭小偷是不可能的，這裡警察遇過最刺激的事是隔壁兩家的牛打架，所以肯定是四舅媽偷跑出去。我拿著手電筒急忙跑出門，發現放在門口的竹籃不見了，那是四舅媽用來裝便當用的，代表她很有可能跑上山找四舅。

我聯絡完村里警察局之後就跑上山找人，後山的路白天我走過幾次，但現在是大晚上的，我也不敢走太快，只能一步一步往前走，同時不斷大喊四舅媽的名字。我越走越焦急，一時沒注意腳下，不知道被什麼東西絆了一下滾下了山坡。

山坡不陡，當我抬起頭時卻看到一只熟悉的紅色塑膠拖鞋掉在地上，那是四舅媽的鞋子。我順著痕跡繼續往前看，看到四舅媽倒在不遠的前方，我心中大喜正要跑上前，但走沒兩步我就停下了腳步。

一根根彎臥在地的竹子把四舅媽圍了起來，每根都繃得死緊，彷彿下一秒就會彈地而起。我心中的直覺告訴我這竹子不能跨，一跨肯定出事。

就在我思考著怎麼救出四舅媽的時候，我聽到一陣窸窸窣窣的聲音，一條蛇竟然從旁爬了出來，看那樣子還是條毒蛇。

小弟不才，抓蛇的方法也是略懂一點，誰知道哪天會不會遇到被蛇攻擊的漂亮妹子，但理論和實踐之間還是差了一段距離，不過現在這情況也不容我遲疑。我緩慢移動腳步，試圖在不驚動那條蛇的前提下靠近牠，但是還來不及走過去，牠便往四舅媽的方向快速爬去。

我暗道糟糕，邁開腳步衝了過去，就在蛇爬過竹子的那一瞬間，那根竹子唰的彈起來把那條毒蛇打飛出去，力道之大甚至刮出一陣風。

還來不及理解剛剛發生了什麼事，原本圍在四舅媽旁的竹子就慢慢地立了起來，恢復成原本竹林的模樣。

我戰戰兢兢的走過去檢查四舅媽的狀況，這時我發現她身下有著一層厚厚的竹葉，可能因為這樣她身上只有一些擦傷，接著我聽到村裡人上山的聲音便大聲呼救，讓他們幫忙把四舅媽抬上去。

在醫院待了幾天後四舅媽便活蹦亂跳的回家了，醫生說那層竹葉成了緩衝；反而是我的傷勢比較嚴重，在醫院多躺了兩天，幸好我爸他們及時找到了新的看護。

趁著騷擾護士姐姐的空檔，我想起了四舅曾經告訴我們小孩子的故事，他說山上有竹鬼，看到彎在地上的竹子時千萬不要跨過去，不然會受傷。

到了今天我才知道四舅說的是真的，但為什麼竹鬼要保護四舅媽呢？一道猜想在我心中慢慢成形。

出院之後我又回到了四舅媽家，探望過四舅媽後我帶著一罐高粱上了山，按著記憶走到當初的山坡下；在陽光的照耀下翠綠的竹林看上去十分美麗，接著我打開高粱撒在了竹林中，霎那間竹林無風自動，沙沙聲不絕於耳。

高粱，是四舅最愛喝的酒。

「山林野魂附於竹，倒臥於路與人嬉，人過暴起，危矣，乃竹鬼。」——《臺妖異談》

21 竹鬼

22 制風龜

某天一眉找上了我，說有一件事情要拜託我，聽他的說法是各取所需，搭波WinWin，但男人的嘴，騙人的鬼，真的有好事我朋友才不會找我，這是我對我們多年友情的真誠體悟。

事情是這樣的，我們學校最近要開始蓋一間新的學生餐廳，美其名是翻新學校設施，但就連我們學生都知道，這是校長為了搏媒體版面想出的新招。他才上任一年內就蓋了至少五座雕像，其中有三座還是他自己，所以我們只抱著不期不待不受傷害的想法看戲；如果真的蓋得好就當賺到，蓋不好了不起繼續吃舊學餐。

要蓋餐廳就要有地，校長看上的那塊地在學校的北門，那裡栽滿了青青樹木，是附近居民常去的散步地點，蓋在那裡可以一邊享受自然風光一邊用餐，確實不失為一個好地點。

「這是個好想法好計畫啊，我們應該大力支持。」我說道。

「你知道他們要把五龜池拆掉嗎？」一眉皺眉道。

五龜池是學生間家喻戶曉的景點，它就坐落在北門，是一座小小的噴水池，據說從創校初期就存在了。

雖然叫五龜池但平常只看得到四隻烏龜，每隻殼紋各異，大概巴掌大，三不五時就有學生在投餵，甚至有社團在管理，也就是一眉的靈異研究社。

為什麼他們會自願去維護？因為那裏是學校七大不可思議之一。聽說五龜池真的有五隻烏龜，但是從來沒有人看過第五隻烏龜，傳說五龜同時現身時，看到的人就可以許一個願望。

半年前一眉有跟我說過，我當初聽到時完全不信：「這是哪門子故事，根本抄七龍珠吧？」

「這是真的，多年前有一位學長，他那時候拉了一堆贊助辦了一場校外營隊，光是工作人員就有快三百人，但是營隊要開始的日期剛好撞到颱風，還是強颱，沒登陸就準備放颱風假的那種，營隊只好停辦。」一眉說道：「但是學長已經花了一堆錢，這一停下去他可能要賣屁股才能還錢，在他絕望的時候偶然經過了五龜池，剛好看到了五隻烏龜，他當場跪下來許願，隔天颱風就跑去日本了。營隊結束之後學長在五龜池辦了一場流水席還願，史稱『五龜池顯靈大宴』。」

「哪來的史？」

「靈異研究社社史。」

「聽起來好弱。」我說道：「對了，我記得你們社辦有帳篷對吧？」

「對啊，玩百物語時候用到的，玩累了直接睡。」

「借我。」

「幹嘛？」

「我要去五龜池露營。」

雖然一眉講的事情我從來沒有聽說過，但他通常不會跟我唬爛，所以我直接在那露營，以防萬一看到五隻烏龜時忘記許什麼願，我還用手機先錄好音，到時候只要放出來就好。

娘，放心，兒子很快就帶媳婦回去了，還是文青氣質端莊秀雅美少女學妹，呵呵，想想就期待。

不過我整整住了一個禮拜，別說看到那五隻小王八蛋同時出現了，連第五隻的身影都沒看到，我還買了高級烏龜飼料試圖引他們出來。雖然我有自信在那住上半年，最後卻還是被警衛驅離了，理由是禁止露營，我只是剛好在那睡覺吃飯洗澡而已怎麼算露營了？談個戀愛怎麼那麼難？

「五龜池拆就拆了吧，蓋個新學餐也不錯。」早已放棄的我說道：「舊學餐我都吃膩了。」

「不能拆，拆了我帶社課的地方就少一個了，而且歷史上會記錄我是個失責的社長。」

「你們那本破社史就別記了吧。」我說道：「那你要怎麼辦？」

「當然是抗議示威！拿去，這是你的頭帶、布條跟宣傳小冊，口號要記好：沒有五龜，我們不歸！」

「這口號好爛。」

「別吵，老子工科的，有押韻就很好了。」

「你還是沒說我為什麼要幫你，不是說搭波WinWin嗎？」

「這是一個朋友對你真摯的請求。」

「好吧，頂多幫你站兩個小時的場，不過這白癡口號我不喊。」

「還有這是副總召的照片，歷史系系花，人送外號『汗青仙女』。」

「今天我家龜龜只要有事，就算是便秘我也要把校長家的馬桶給砸了！沒有五龜，我們不歸！」

施工隊進駐當天就是我們抗議的日子，我得承認自己小看了一眉的號召力，現場有快五百人到場，場面那叫一個壯觀，施工隊看了都不敢靠近。

「你怎麼叫來那麼多人的？甚至歷史系系花都是副總召。」我問道。

「一半是靠系花，一半是靠我平時到處幫人家算卦累積的人脈，至於那系花，她的校史剖析期末報告寫的就是五龜池，打死她都不要重寫。」

「那你說如果我能讓池子不拆，她會不會答應跟我出去？」

「肯定會，如果你真能成功，我甚至可以幫你說好話。」

「行，等等配合我。」

就在我們閒聊之際，校長坐著他的勞斯萊斯來到了現場，看到現場群情激憤也不敢上前，不知從哪找來了一支大聲公，喊話道：「同學們冷靜！蓋新學餐是為了學校更好的發展，我們承諾另外增加一處生態池供池內生物棲息。」

一眉不甘示弱地回道：「五龜池在你還沒上任時就在了！代表的是學校重要的歷史！車無轍難行，這種不尊重歷史的行為怎麼敢說是知識學府的領頭人？」

「說得好！」

「五龜池不能拆！」

「沒有五龜我們不歸！」

眼看現場風向不對，校長喊道：「新學餐開幕，全校發五百元餐券！」

此話一出，現場的激情立刻下降，果然錢可以解決一切，連我都有點心動，面對校長的糖衣砲彈，眾人開始交頭接耳，士氣不穩，看來是出奇兵的時候。

我拿出準備好的拐杖一拐一拐的走到隊伍前頭然後矯情的一摔，一眉趕緊跑來扶我起來。

「同學你沒事吧？」一眉說道。

「我沒事，但我有話要說。」我故作艱難的扶著一眉的肩膀站了起來，拿起大聲公說道：「各位！兩個月前我遭遇了一場車禍，醫生原本診斷我下半輩子只能坐輪椅，不過我聽說五龜池有許願的傳說，就每天都來這許願。上個月，我成功看到了五龜齊聚！許了願！看看我現在，雖然還要拄著拐杖，但是醫生說只要我努力復健，很快就可以正常行走了，你們說，五龜池能拆嘛！」

「不能!!」

「五龜又顯靈啦！」

「這是奇蹟！」

呵呵呵，這個苦肉計如何啊？我還不整死你這個禿頭仔。

面對我那奧斯卡等級的演技，沒想到校長不慌不忙的舉起大聲公道：「這位同學，我記得上個禮拜警衛才跟我通報說你在女宿門口騷擾女同學，那時你跑得蠻快的。」

現場頓時鴉雀無聲，一眉的表情看上去巴不得真的把我腳打斷，我只能回他一個俏皮的微笑。

「還有人有意見嗎？沒意見的話我們要動工了。」校長右手一揮，施工隊開始步步進逼。

就在這時有人大喊：「五龜出現啦！」眾人的目光看向池子邊，只見一隻大烏龜踩在其他四隻小烏龜的背上，那隻烏龜足足是他們的兩倍大，那就是傳說中的第五隻烏龜嗎？傳說是真的？

機智如我趕緊拿起大聲公對著池子不帶換氣的一頓吼：「請讓我娶到賢慧氣質端莊典雅落落大方溫柔可人如花似玉身材窈窕極品美少女老婆!!」

現場接著是一頓沉默，我知道這是他們的忌妒，忌妒我有美少女老婆。

很快其他人也搞清楚狀況，開始大喊著希望交到帥哥男友、中大樂透或是期末歐趴之類的，但晚了，要許願他們得排隊。

原本以為會天降一個美少女讓我接住，所以我抬頭看向了天上，除了越來越多的烏雲外什麼都沒看到，強風四起，周遭的樹木被吹的沙沙作響。風越來越大，烏雲也越來越多，明明是早上十點卻看起來瞬間變成了下午六點，最後甚至連雨都開始下，還是暴雨，一切只發生在短短兩分鐘。

面對異常氣候學生們開始四下逃竄找地方避雨，校長也有些吃驚，但不愧是他，右手高舉著讓施工隊繼續前進，同時手中拿著鏟子衝在最前頭，可說是毅力驚人。

不過下一秒一棵大樹被風吹倒，直直的往校長的勞斯萊斯砸下去，原本帥氣的勞斯萊斯瞬間變成一坨廢鐵，見到此幕的校長痛哭失聲，當場暈倒在地被人抬了出去。

校長他們一離開，原本像是颱風來襲的現場很快的回復原本的晴空萬里，五龜們趾高氣昂的走回池中，留下現場一片狼藉。

嚇壞的校長也不蓋新學餐了，改成把舊學餐翻新就算結束這件事，事情過去幾天後，一眉帶了一些食物給正在五龜池邊露營的我。

「你已經住了一個月了，到底有沒有看到五龜？」

「我如果看到了還需要住在這嗎？上次一定是喊的不夠大聲願望才沒實現，我這次帶了兩顆喇叭，我一定喊到連南門都聽得到。」

「好吧，你如果成功的話我一定把你記入史冊。我來是要說那個系花說她要拍些池子的照片，你睡在這邊她沒得拍，讓你滾。」

「滾可以，跟我約會。」

「我幫你問問。」接著一眉拿起電話講了幾句話後就掛掉了。

「如何？在哪約會？餐廳選哪間？我穿什麼衣服好？」

「她說沒關係，她再重寫一份報告就好。」一眉拍拍我的肩膀說道：「加油，改天我再來看你，別感冒了。」

「一龜下山，四龜隨行，仰天呼嘯，狂風止息。」——《臺妖異談》

23 販賣惡夢

放假回老家的時候文青叫我過去廟裡一趟，原本以為他是要叫我去廟裡幫忙所以想拒絕，難得放假誰要去廟裡面對阿公阿婆？但是他說死去的叔公有留東西給我。

我和叔公可說是忘年之交，在異性欣賞方面有著高度相似，要不是他是我叔公我就跟他燒黃紙斬雞頭稱兄道弟，既然是他留給我的東西那肯定品質保證。

到了廟裡後文青拿出一個木盒，上方精美的雕刻讓人感受到它的價值不斐，木盒上貼著一張暗黃的符紙，悠久的歲月讓上方本應鮮紅的硃砂變成了暗紅。

隨著木盒遞來的還有一封信，信裡大意是說如果找到這盒子的話讓我打開它，而且只能讓我一個人看到裡面。以我對叔公的理解很大可能是他珍藏的寫真集，但也只是可能，那張符讓我的危機雷達不斷響起。

「你確定這盒子能開？」我問向文青。

「不確定，那張符讓我感覺不到裡面的東西，但阿公應該不會害你吧。」文青聳肩道。

我點點頭，他說的有道理，叔公哪有理由害我，他每年清明節還指望著我給他燒書呢。保持著這樣的想法，我背對文青打開盒子，手剛碰上那張符時它便自己破成兩半，同時蓋子緩緩的打開，不知道的還以為這盒子是高科技來的，用指紋辨識開啟。

裡面是一張巴掌大的紅紙，上面用墨水洋洋灑灑的寫著四個大字——販賣惡夢。我還沒搞清楚那紙是什麼來路，它卻自己慢慢地變成碎屑隨風飄散，看來是真的放了很久。我看著空無一物的盒子實在不理解叔公的意思，為什麼指名要我開？而且還不能讓別人看到內容物，說好的上古寫真集呢？

我轉過身正要跟文青述說我的失望，卻看到他眉頭一皺，神色不是太好，在我轉述那張紅紙的模樣之後他立刻神情大變，不斷跟我確認是否屬實；確定我說的是真話，他立刻把廟裡的客人都趕出去同時關起廟門，甚至把門閂都放了上去。

「怎麼了？這麼大陣仗？」他這一連串舉動搞得我有點緊張。

「你剛剛看到的是販賣惡夢，那是一種轉移煞氣的古早儀式，只要看到紅紙的人都會被煞氣附身，正常來說應該要貼在路上讓更多人看到來分擔。」文青拿起一大包護身符塞到我手裡說道：「重點是剛剛盒子裡那張煞氣很濃，我雖然沒看到但是盒子一開我就感受到了。」

「我怎麼覺得你反應過度了？放那麼久應該已經過期了吧。」話一說完，手中那包護身符像是爆米花一樣一張張爆開，這情景我只在鬼片裡見過，還是猛鬼片，泰國的。

「叔公啊!!!」我發出了靈魂的怒吼，叔公你這次玩笑真的開大了。

「放心，只要待在廟裡應該沒事，今天先別出去了。」文青點起三支香說道：「來，去跪在王爺面前祈求祂保佑。」

我奪過文青手上的香，跪在王爺面前拚了命的揮舞著，把香搖的跟演唱會揮螢光棒一般火光熠熠。

「叮咚！」就在這時我的手機響起了一道通知聲，我左手抓著香繼續搖著，右手拿出手機定睛一看，然後左手慢慢停下。

「怎麼了？繼續拜啊？」文青一邊畫著新的平安符一邊說道。

「你有沒有聽過置之死地而後生這句話。」

「孫子兵法，意思是將自身陷入死地，激發潛能突破困境。」

「說得好。」我把手中的香插入香爐恭敬的拜了三拜，轉身往廟門走去，「無死亦無生，求王爺保佑。」

「你要幹嘛？」文青停下了手中的毛筆說道。

一抹微笑掛上了我的嘴角，我的手放上了門閂。

「就在剛剛，交友軟體傳來了配對成功的通知。」我緩緩抬起門閂道：「而且對方就在五百公尺內等著我！」

文青急忙站起，伸出手安撫我道：「你冷靜一點，怎麼可能現在剛好配對成功，這一定有問題。你現在的運氣爛成白癡，買珍奶會拿到細吸管的等級，一踏出廟門就死定了。」

我搖搖頭說道：「你不懂，你真的不懂，我已經用這軟體四年了，今天終於讓我配對到了，前前後後不知道課了多少錢進去。」

「這聽起來根本超有問題的好嘛！」文青說道：「乖，坐下，大哥下次介紹廟裡的女香客給你。」

「你還是不懂，我並不是受到女色誘惑，我是個理性的唯物主義者。」我說道：「區區一張紅紙怎麼能決定我的運氣？我們要相信科學，相信數字。」

「你說的有點道理，可是……」

「對方的個人資料裡胸圍是３６Ｅ！」

「你明明就是被女色誘惑！」

我沒有理會文青的阻擋，拿下門閂後便衝出廟門，但在跨出門檻的那一刻我感覺腳下一絆，整個人沿著廟門口的台階滾了下去。

當我醒來時看見的是熟悉的白色天花板，而文青正坐在我旁邊看書，看來我是被送醫院了。

「你醒啦？」文青說道。

「我昏了多久？」我摸著有些疼痛的身體說道。

「兩小時左右，你可還沒安全，來，把這喝了。」文青拿起保溫瓶倒了一碗給我。

「你還煲湯給我喝啊？對我真好……你這湯怎麼是灰的？」

「誰跟你說是湯，你現在煞氣纏身，要除煞。這是香爐灰，這一壺你都要喝完。」

我看向文青旁邊的家庭號保溫杯說道：「你是想噎死我啊？」

「我是在救你，給你加點料。」文青拿起一張平安符熟練的用打火機點燃後丟進碗裡。

「……謝謝大哥，我不渴，還是你喝吧。」

「我沒在跟你開玩笑，現在病房內被我弄成結界封住了，不然你已經出事了。」文青走到房門邊將貼著的符紙輕輕的撕了一半起來，然後迅速的貼回去。

「看起來沒事啊？」我話剛說完，一顆棒球突然打破窗戶，飛進病房內從我眼前擦過。

「要不是我只撕一半，那球已經往你臉上砸了。」

我仰頭把碗裡的香爐灰喝了個底朝天，然後自動自發的續碗。

「你昏倒之後我回去看了一下盒子，既然是叔公留的應該會有破解方法，結果盒子裡有一個夾層，裡面還有一封信上面一樣註明只能讓你看。」文青遞出一個白色信封說道。

雖然經過剛剛的事讓我有點擔心，怕裡面又是一張紅紙，不過現在也只能死馬當活馬醫，所以我背著文青打開了信。

阿弟仔，你看到這封信的話代表你打開了盒子。某天叔公夢到被你孀婆拿刀追殺，醒來之後忽有所感才寫下那張紅紙，上頭的煞氣濃到叔公不敢貼出去讓其他人分擔，但放久了又怕夜長夢多，只好出此下策讓你一個人擔下。不過你別擔心，叔公幫你算過命，是所謂的大難不死，歷經劫難越多命就越硬，到你這年紀命格應該硬到扛的住了，再加上文青幫襯，他應該有破局之法，一定可以度過此關，應該啦。

最後附註一下，叔公這時候應該不在人世了，我床下有一塊顏色不一樣的地板，下面藏著一個保險箱，密碼是XXXX，裡面是我珍藏的極品寫真集，你看完之後記得燒還給我，切記不可讓你孀婆發現。

「啪！」我氣的把信丟在地上，原來罪魁禍首就是叔公！整篇都「應該」是怎樣啦?!但過了幾秒後我又把信撿起來，剛剛密碼是多少我還沒記起來。

「如何？信裡說什麼？」文青急迫問道。

「紅紙是叔公寫的，他說我命夠硬扛的住，還有你能解決。」我省略了他被嬸婆拿刀追殺這一段，看在他有留寫真集給我的份上，還是給他留點面子。

「嗯……」文青沉吟了一會道：「你每遇到一次劫難，煞氣就會淡一些，但這煞氣濃成這樣也不知道什麼時候消得完，如果真要解決的話……」文青沉吟道：「我現在只想到兩種，一種是跟叔公一樣把煞氣轉出去。」

文青拿出早就準備好的紅紙跟奇異筆說道：「不過這本質上還是在詛咒別人，有損陰德。」

「沒關係，陰德這東西多扶幾次老婆婆過馬路就回來了。」我接過東西說道。

就在這時文青的電話響起，他接起來嗯了幾聲後說了一句，那要記得讓她多喝水，別中暑後就掛斷了。

「怎麼？」我拿起奇異筆剛寫完，正在思索著要寄給哪個倒楣蛋，我是說至交好友讓他幫我共患難。

「阿嬤剛剛在床下翻出阿公的寫真集，跟我媽說怕阿公在地裡冷，現在拿著鏟子要去把阿公挖出來曬太陽。」

「換第二種方法。」死了還要被曝屍荒野，看來真的要好好積陰德。

文青點點頭拿出一張空白的符紙、毛筆跟墨水在桌上揮毫著，很快一張符咒被他畫了出來。

「這是平安符的相反，叫他招厄符吧，通常是拿來咒人的，如果讓你用這張符一口氣把劫難招來的話應該可以迅速結束。」文青說道：「長痛不如短痛。」

我拿過符咒吞了口口水道：「如果我不用這張符的話要撐多久才會結束？」

文青掐指算了算後比了個三。

「三天？」

「三年起跳。」我還死刑不虧勒！嬸婆你到底多恨叔公啊！

「這符怎麼用？」

「喝了。」文青理所當然的遞了打火機給我，還貼心的幫我倒了一碗爐灰水。

「慢點喝，別噎著了。」

你就不能學一下電視裡演的一樣只哼哼哈嘻的在我頭上揮兩下嗎？我喝的胃很撐。在心裡抱怨了一下後我做好了心理準備，把那碗包含招災符的爐灰水一飲而盡。

當我喝完之後立刻緊張的四下張望，但好像沒事發生，原本懸著的心慢慢放下，就在這時文青貼在門口的結界符突然自燃，變成一團灰散落在地上。

完蛋。

「喀！」門被緩緩的打開，從門後走出了一名將近兩公尺的成年男性，但是嚴重的駝背硬生生的把他的身高壓到180，細瘦的身材讓人聯想到蛇，立體的五官配上陰沉的氣息形成憂鬱小生的風格。

「不好意思，門口的符被我弄壞了，不過我有急事，可以的話希望你給我們兩人一點私人空間。」男子語音剛落，一隻手就把文青推了出去反手把門鎖上，一連串操作行雲流水讓文青都來不及反應。當他回過神來後趕緊用力地敲著門，但門不知道被動了什麼手腳，一時之間竟然紋絲不動。

男子迅速的朝我走過來，單膝跪地抓起我的手說道：「終於找到你了，我看到你的分手信了，但是我還是不想放棄，可以請你再給我一次機會嗎？」

？？？分手信？？？我這輩子寫過最接近分手信的東西只有那天……文青幫我寫的……臥槽！

「你是蛇郎君?!」我驚訝的看著眼前的男子，不會吧？直接追下山？

「你還記得我真好。」蛇郎君嘴角勾起一抹笑意道：「走吧，帶你回家看看，為了讓你舒服的待著，我添購了一些新家具。」

回家？回什麼家？我還沒搞清楚他是什麼意思，蛇郎君就把躺在病床上的我公主抱了起來，走到窗前跳了出去。

「啊啊啊啊啊啊!!」我頓時尖叫，但很快的發現我們並沒有掉下去，而是在空中輕飄飄的飛了起來。

「你說回家不會是說回山上吧？」我緊張的說道。

「當然，不然還能去哪？這次我要帶你看遍滿山群花、夜空銀河。」

這場景怎麼看怎麼夢幻，癡情帥哥抱著久病不起的女主角在城市上空御空飛行。嗯，如果我不是被抱著的那個就好了，這下真的要被綁回去成親了，為了守住貞操，我的腦袋開始高速運轉。

「蛇郎君，我有個禮物送你，不知道你接不接受？」

「娘子客氣了，你送什麼我都開心。」

「那你可接好了。」我從口袋摸出剛剛那張紅紙，上頭被我寫上了販賣惡夢四個字。

「娘子這是何意？」蛇郎君還沒會意，下一秒空中突然出現一個招牌，蛇郎君不偏不倚的撞上，正常情況下他應該是可以躲開的。

謝謝你，莫名其妙的違章建築。

隨著蛇郎君雙手一鬆，我開始在空中自由落體，這時我腦中只閃過叔公信裡提到的那句話——大難不死，命越磨越硬。

我真的信你啊叔公，你最好保佑我別摔死，不然我就跟嬸婆一起帶你出來曬太陽。

當我意識清醒之後，看到的又是熟悉的天花板，文青也坐在我身旁，我又回來醫院了，高度相似的場景讓我以為自己只是做了場夢，但是全身上下的繃帶讓我知道剛剛的事情都是真的。

「狀況如何？」我問向文青。

「嗯，煞氣全消，你掉下來的時候剛好撞上鐵皮屋的屋頂跟遮雨棚，所以只有一些皮肉傷。」

水啦，我愛你違章建築。

「不過你還是把煞氣轉給別人了，陰德有損。」文青咬著嘴唇道，似乎在忍耐什麼。

「我感覺沒什麼異狀。」我看了一下身上，除了包了一堆繃帶沒什麼大礙。

「看看你左手。」

我抬起左手，頓時發現我左手無名指那出現了一圈青色紋路，湊近一看似乎是一條咬住自己尾巴的小蛇。

「這是？」

「定、定情戒指哈哈哈哈哈!!」文青忍不住了，捧腹大笑：「弟弟恭喜啊！這上面可是有蛇精的庇佑，保你出入平安萬事大吉。」

「聽起來好像不錯？」

「不過對方現在會知道你在哪，跑不掉了。」

我嘴角一抽，忍著痛楚走下床。

「哈哈你去哪？」文青擦了擦眼角的眼淚道。

「帶你阿公出來曬太陽。」

「煞氣入夢，不利其運。古有分攤之法，取紅紙，批墨字，置於人流鼎盛之處，以萬人之氣消一人之災。」——《臺妖異談》

24 註死娘娘

信仰是刻在臺灣人ＤＮＡ中的本能，尤其在早期動盪不安的年代，神明，就是人們心靈的寄託。但可能是時代演變，也可能是傳承斷代，許多小廟漸漸沒了祭祀的香火，那些神像成為了流浪神明，有些大廟會給祂們一個落腳的地方，文青家的廟便是其中一間。

在主殿的斜後方有另闢一間小廟，名為「雲遊殿」，雲遊殿少有人會去參拜，主要是廟方的志工定期去上香打掃，也就是我，因為平常欠文青太多次了，所以我三不五時會過去廟裡幫忙。

其實也沒什麼工作，就過去掃掃地、點點香，如果要關門時有多的供品就一起收回來。原本我是想去月老殿打掃的，看看有沒有單身女性，來一場不經意間的邂逅；但是我只要跨過門檻就一定會跌倒，如果硬爬進去月老就直接發爐，搞到消防隊都來了，文青說他這輩子第一次看到月老會發爐的。

雲遊殿裡牆上的木架及桌上都擺滿神像，其中以土地公最多，大部分是在某年都更時請回來的，而在眾多神像中有一尊神被擺在了主位，彷彿宣示著祂是這邊的老大，那是一尊慈眉善目，穿著紅色官袍安坐在檀椅上的女神像，祂的上方放著一塊牌匾，匾上鐵畫銀鉤的刻著四個字——註死娘娘。

文青說論資排輩，娘娘坐主位得排隊，但每五年廟裡會針對雲遊殿辦一場擲筊大賽，哪尊神明擲出的聖筊最多就能坐主位，而娘娘總是大獲全勝，似乎沒神敢跟祂搶。

我問過文青有關娘娘的故事，他說有生就有死，有註生娘娘那自然就有註死娘娘，主要是祈求安穩的死亡，這在以前醫療不發達的年代是很重要的。

有天我去雲遊殿打掃時發現有人在裡面，這讓我有點意外，因為會來這的通常是老香客，而對方看起來是個剛出社會約莫三十出頭的年輕人。對方看到我進來後，發現我脖子上掛著的志工證就問我娘娘的故事，我便把文青告訴我的內容跟他說了一遍，他聽完後有些恍然的點頭，投了些香油錢便離開了。

後來我三不五時會在雲遊殿看到他，每次來總是帶著許多供品虔誠的跪在娘娘面前。

我跟他閒聊了一陣後才知道他家裡有一位親戚得了重病，已經宣告無藥可醫，他只希望對方人生最後一段可以走的舒服一點，所以才常常來參拜。我對此表示理解，畢竟求神拜佛就是心靈上的寄託，只要拜了心安，理由是什麼不重要。

有一天我看到那位香客又來參拜，這次他帶的供品相較之前特別高級，從旺旺仙貝升格成了蜜蘭諾，連丟的香油錢也特別多。香客說那位親戚最近到了危險期，這次拜完後就要去醫院陪床，可能暫時不會過來了，他甚至帶了一杯飲料給我，說謝謝我總是陪他聊天。

我發自內心的跟他說了句節哀順變並目送他離開，在我準備享用免費飲料時一個重物從我後腦狠狠的砸了下去，我在地上痛苦扭曲了五分鐘，才發現剛剛砸中我的是一尊土地公神像。

以前的神像是用木頭刻的，還是用老木頭，只沉不輕，而砸中我的這尊正好是特沉的那種。

正當我思考是誰見色起意襲擊我時，才想起雲遊殿裡除了我根本沒人，這時抬起頭的我和娘娘的目光正好對上，一股突如其來的壓力讓我雙腳一軟跪了下去。

娘娘您有事可以託夢，我跪習慣了倒是沒事，但您用砸的就很沒面子，我是說那尊土地公。

我拿起了殿裡的筊問了大概十分鐘，才終於知道娘娘要我去找剛剛那位香客，要幹嘛不知道，總之先找到再說。

我跑出廟門看著茫茫人海正想著從何找起時，似乎有人往我屁股用力踢了下去讓我滾下了門口的階梯，當我再次痛苦扭曲了五分鐘，爬起來發現一台公車剛好停在附近的站牌，我心領神會的坐上了車，晃過了幾站後在某站公車開門時我又被一腳踹下了車。

娘娘，看在我都有幫您打掃的份上您能不能別用踹的，疼。

可能是娘娘聽到我的祈求，祂終於不用踹的，改巴我的頭，只要我一走錯路祂就會用力往我後腦巴下去；要不是我知道我天生聰明，一般人可能會被巴成白癡。

在一陣拳打腳踢之下我來到巷子內的一間平房外，此時房子大門深鎖，敲門也沒人應。我正在想辦法時就感覺到有人揪著我的頭髮來到門旁的玻璃窗……娘娘，冷靜，我有辦法！我真的有辦法!!

我還來不及辯解就被一把朝窗戶丟進去，好險房子是老式的玻璃窗，如果是氣密窗就是把我頭撞破了也撞不開，可能是娘娘保佑，我運氣很好的沒有被玻璃割傷。

一進入房子就感受到裡面非常的悶熱，光是我剛剛撞破的窗口根本不足以讓空氣流通，走到最深處的房間就發現那名香客正倒在地上，而他的身前正放著一盆熊熊燃燒的木炭，我就想說怎麼呼吸有點困難！

我抓著香客就要把他往外拖，但我蹲下的一瞬間一股眩暈感傳來，我強忍住一咬牙趕緊把對方帶出房間，就在快到門口時腳下一軟摔倒在地，眼前漸漸模糊，意識模糊之際看到一道人影在我眼前閃現。

醒來時我正和香客一起躺在醫院，文青則拿著家庭號寶特瓶的香灰水灌著香客，一旁的醫護人員一臉驚恐。

我跟文青說香客是缺氧不是缺水時，他指了指我床旁，那裏也有一瓶香灰水，真是謝囉。

我一邊喝著香灰水一邊跟文青復盤，我一直以為是他到現場把我們兩個拖出來的，但他說他是坐在廟裡看書時突然有人點了一下他的頭，他靈光一閃掐指一算才到了現場。

等他到的時候我們已經倒在門外，原本深鎖的大門被硬生生踹開。

接著文青拿出兩張摺好的符紙給我們，說這是娘娘命他寫下來交給我們的，香客打開一看，上面用鮮紅的硃砂寫著：「老娘不收」。

這時我才知道香客一直以來都是為他自己而拜，不過娘娘不收他。雖然不知道他為什麼要自殺，但娘娘既然不收那他之後便是想死也死不了。

文青讓香客之後找時間來廟裡做志工還願，同時開導開導他，香客也只能答應，可能是看到文青手上還有另外一瓶香灰水。

而我捏著手上的符紙心中暗喜，這次我出了這麼大的力，娘娘應該給點獎勵吧？不知道是哪個小姐姐的電話號碼或是六合彩號碼？我滿懷期待的打開，上面寫著：「減肥胖子」。

「……文青，你老實說，胖子是不是你加的？」

「沒有，娘娘還特別要我寫上，你看我這兩個字是不是寫得特別有力，力透紙背啊。」

「陰陽兩面，生死相依。註生娘娘護天下生胎，母子均安；註死娘娘守八荒殘燭，笑歸九泉。」——《臺妖異談》

25 活埋神

多年之前有一名籃球社的學長晚上練完球後路過這裡，那時他心中一邊想著下禮拜的盃賽一邊運著球，並在內心默默許了個願，只要他可以連續背後運球十次，下禮拜他們隊一定可以奪冠。

但是在他運出第一下的時候，球砸到了地上的坑洞，越過了旁邊房子的牆彈了進去，傳來一陣玻璃碎裂的聲音。學長抱持著歉意走進去卻發現那裏是個廢屋，滿滿的灰塵和蜘蛛網，看上去至少有十幾年沒人住過，連那被球砸破的窗戶都顯得毫不突兀。

學長鼓起勇氣推開房子的門，滿屋的灰塵讓他下意識地摀住口鼻，他環視屋內，家具還算完整，就是沒看到他的球。房子內一扇半開的門吸引了他的注意，門的後方是一片黑暗，看上去是通往地下室的樓梯。

這時學長已經有些害怕，正想放棄那顆球離去時他聽到了一個聲音。

「咚！咚！咚！」

那是球的彈跳聲。

「咚！咚！咚！」

彈跳聲拾級而上，越來越靠近學長，最後球竟然從地下室自己彈回了學長手中。

應該是有人住在地下室吧？說不定是流浪漢。抱持著這樣的想法學長朝著地下室喊了聲謝謝，而一句淡淡的不客氣從學長手中傳來。

這時他才看清他手上拿著的根本不是球，而是一顆女人的頭!!

「女人？」我問道。

「我這故事的重點是那裏嗎？」一眉沒好氣的說道：「這可是學校七大不可思議的起源故事欸！尊重！」

「又不能怪我，你這結尾太好猜了，一點新意都沒有。」

今天是靈異研究社一個月一次的社團活動，這次的活動是「學校七大不可思議探訪」，身為榮譽社員的我自然也是參加了，絕不是因為社團裡的學姐學妹很多。

好啦，我誠實，就是因為她們來的，不多參與活動哪來的邂逅，只是至今成效不彰。

也因為這樣我們一群人大半夜的站在一棟廢棄房屋的外面，對面甚至還有一攤鹽酥雞，一點情調都沒有。

「我們學校真的有七大不可思議嗎？怎麼感覺是你編來騙社費的，還剛好七個。」

「也沒有剛好七個啦，只是七聽起來很恐怖而已，七夜怪談啊、頭七啊、七七乳加啊。」

「最後一個不對吧。」

「順口嘛，話說這故事真的不恐怖嗎？還是我再改改？」

「果然是你編來騙社費的。」

「說啥呢，這故事是真的，只是那學長真的拿到了球而不是人頭。」

「所以地下室有人幫他丟上來？」

「不知道，那學長拿到後嚇到跑回家。」

「爛死了，一點都不恐怖。」

「值得一提的是那學長下禮拜真的贏了比賽。」一眉說道：「因為他對手隊聚的時候被一台衝進餐廳的大貨車撞到斷手斷腳。」

「這比較恐怖吧！」

「不過從那之後學長常常看到一名披頭散髮的女人身影，他心思一動，趕快買了些金紙跟香放到地下室門口，狀況才改善。」

「女人？」

「就說重點不在那！」一眉怒道：「從那之後這裡就被稱為『地下室女神』，只要許願就能實現。」

「編得不錯，下次別編了。」

「這是真的！曾經有人聽了傳說來許願期末考歐趴。」

「然後呢。」

「老師就被車撞了，期末考改期末報告，全班通過。」

「巧合吧？」

「還有人許願工作面試順利。」

「然後呢？」

「他的對手在面試前一天全部被車撞。」

「這不是女神，是三寶吧？」

「放尊重點，時辰差不多，該進去了。」

就這樣我們一群人浩浩蕩蕩的走進了廢屋裡，可能真的有人常來探險，屋內的灰塵不如我想像的那麼多。

故事裡的地下室入口就在屋子的最後方，那門此時正半開的搖晃著，似乎在歡迎我們。一眼望去確實是深不見底的黑，不過大半夜的沒開燈誰看得到裡面，說是這麼說卻也沒人敢打開手電筒照下去，一眉講的行前故事還是有點小嚇人，深怕這一照照出什麼來。

「好，那大家就一個一個排隊許願，願望可以不用說出來，記得如果願望成真的話要過來還願。」一眉說完後眾人三三兩兩的交頭接耳，一時之間竟然沒人敢上前。一眉嘆了口氣，用眼神示意我，呀勒呀勒，看來還是得靠我，真是拿他沒辦法。

我走向門口扭了扭脖子做下熱身，氣勢十足的跪下去，雙手果決的放在地上，然後用力一磕頭，地面的塵埃甚至被我揚了起來，我心頭一熱，多年來的鬱氣湧上喉頭，今日不吐不快！

「地下室女神在上！請賜我一個女朋友！」

現場一片寂靜，碩大的房屋只聽到外面鹽酥雞攤炸九層塔的劈啪聲，餓了。

就在我思考要跪多久的時候我聽到了「喀嚓」一聲，我以為是對方顯靈了，迫不及待地抬起頭，卻看到一眉及其他社員正拿著手機拍下我的模樣。

「大家多拍幾個角度，這個月的活動紀錄就有了。」一眉說道：「欸，那邊那個別開閃光燈，這樣沒有臨場感，不夠逼真。鏡頭記得晃兩下，我回去加工成靈異照片。」

「你根本是來騙社費的吧！」我怒道。

「糟糕，他發現了，學妹，上！」

「學長～你跪著的樣子好帥～」

「小意思，看清楚，學長給妳表演一個三跪九叩！」既然學妹愛看，那今天我跟這地板必須有一個要完！

過了幾天後，我在房間一邊幫紅腫的額頭擦藥一邊想著晚餐吃啥，但想老半天都想不到，便打給其他同學看他們晚餐要不要一起吃，把煩惱丟給他們。

我連打了三四個人卻全都沒接電話，我滿臉疑惑，總不可能都在忙吧？我沒有多想，打開了外送軟體隨意滑著。

「碰！」就在這時窗戶發出一聲巨響，我看向窗邊正被吹得獵獵作響的窗簾，看來今天風兒有點喧囂啊。我走近窗戶正打算把它關起來時，發現上面不知道沾了什麼東西，我湊近一看後立刻倒退三步跌坐在地。

那是一道血手印，新鮮的血液正緩緩往下流到窗戶的溝槽內，讓人更覺恐怖，重點是我住三樓啊！

還來不及思考到底發生什麼事時，又是一聲巨響傳來，這次是大門。

我吞了口口水，原本熟悉的大門此時就像猛獸的巨口讓人不敢靠近，似乎見我沒有反應，門繼續發出巨響，門後的東西正在用力的敲著門。

我急忙拿起手機要撥通文青的電話，但一則訊息跳了出來。

「開門。」

我嚇得差點把手機丟開，仔細一看卻發現是一眉發來的。

難不成在門口的是他？

為了以防萬一我拿起了地上只舉過一次的啞鈴走向門口，從門口的窺視孔偷偷的看出去，看到一眉正虛弱的靠在門上。

「是一眉嗎？」小心如我還是要再確認一下。

「對……快點開門，有急事……」一眉虛弱的說道。

「你先回答我，我的理想型長怎樣？」

「女的。」

確實是一眉，我趕快開門把他接進來，這時我才發現他渾身是血，主要是從他的頭上流出來的。

「你怎麼了！」我趕快拿出一件衣服幫他摀住頭部的傷口。「你等著，我現在叫救護車！」

我正準備去拿手機卻被一眉緊緊抓住。

「來不及了，大鳥他們已經不行了，我是靠著卜卦才撐到這裡。」一眉拿著被染紅的龜殼道。

「到底發生什麼事？」

「她要殺光我們所有人，首先是我跟大鳥他們，接著是系上其他人，最後是全校！」

「誰？到底是誰？」

一眉抓住我的領口，死盯著我道：「地下室女神，她要殺光你周遭所有的男性，讓其他女生沒有選擇！只能選你！」

事實讓我太過震驚，他們出事就因為我許願我要女朋友？

「一眉你要撐住啊！你們如果全涼了我結婚的時候誰給我包紅包？」

一眉甩了我一巴掌道：「我忍你很久了，重點在那嗎？」

「我看你很有精神欸，你頭上那該不會是蕃茄醬吧？」我摀著作痛的臉頰道。

「總之別管我了，在事情沒有變的更大之前解決它，救護車我自己會叫。」一眉站起身來翻著我家冰箱說道，跟個沒事人似的，讓我十分懷疑他的說法，但為了我未來的紅包錢，我還是毅然決然的出門。

我騎著車迅速趕到廢屋，明明已經來第二次了，但它散發出來的氣息卻和上次大不相同，我知道，她在等我。

我走到地下室的門前，眼前的黑暗依舊讓人窒息，再次熟練的跪了下去，喊道：「女神在上！之前我許的願固然誠心，但實現方式非我所願，斗膽請女神收回！」

又是一陣寂靜，但我不敢抬起頭，深怕得罪了對方；過沒幾秒我感覺我的屁股不知被誰用力踢了一下，整個人滾下了地下室的樓梯。我摀著後腦勺在地上痛苦的滾動，滾了好幾圈緩過疼痛之後，映入眼簾的是伸手不見五指的黑暗，連氣溫都低了不少，我甚至還呼出了白氣，這裡可是南部欸？

我做足了心理準備摸出手機打開手電筒，但沒有任何東西跳出來嚇我，就是一間很冷的空曠地下室，除了牆壁之外什麼都沒有。

在我疑惑的時候又是一腳往屁股踹來，讓我往前摔了個狗吃屎，這女的是踹我屁股踹上癮了是不是？

摸著有點疼痛的屁股，我發現地下室的地板是用水泥鋪成的，難怪剛剛摔下來那麼痛。就在我疑惑怎麼不鋪個地磚或是木板的時候，一雙蒼白的腳出現在我面前，我心頭瞬間一緊，我知道她正站在我面前。

氣溫似乎降低了幾度，原本只是帶有涼意的地下室此時如同冰庫一般。

不過想到我朋友們正在面臨生命危險，我鼓起勇氣抬起頭看向對方，要談判就是不能慫！但令我驚訝的是，眼前不是想像中的長髮女性，而是一襲白衣的女童，披頭散髮的她低垂著頭讓人看不清她的容貌，長期跟妖魔鬼怪打交道的經驗讓我知道，絕對不能因為是小孩子就小覷對方。

我有禮貌地開口喊道：「請女神停手，這不是我要的！」

但對方沒有任何回應，好吧，我要有耐心，這就是大人的餘裕。

「請您收回願望，我保證會乖乖來還願！」

女神依舊沒有任何反應。

「拜託啦女神，當我許錯願。」

她還是沒有反應。

我頓時心頭一怒，喊道：「妳這臭小鬼難不成真的以為自己是女神嗎？妳以為那些來拜妳的人真的敬妳嘛！他們是怕妳！張開妳的眼睛看清楚！」

聽到我這番話後女神身軀明顯一震，蹲下來把臉靠近我，她緩緩舉起雙手，撥開那長到蓋住臉龐的瀏海，後方的臉不是恐怖片常見的滿臉鮮血或是腐爛，而是一張未脫稚氣但毫無血色的臉，一雙毫無生氣的眼睛盯著我看，這時我看到她的嘴角微微一揚。

「呵，好醜。」

她剛剛是不是看著我的臉笑了一聲？可憐中帶著嘲諷的那一種？而且表情還異常欠揍。

正當我想不管兒少法衝上去揍她一頓時，她的身影卻像霧一般消散，原本深入骨髓的寒意也消失無蹤，甚至有一絲光亮從樓梯口照了下來。

「結束了？」我舉著無處安放的拳頭道，稍微思考了一秒鐘後得出了結論，這小屁孩是不是看完我的臉之後覺得沒救了直接放棄？妳就不能努力一下嗎？

有鑑於我朋友們的性命掌握在她手上，我只好帶著滿肚子火氣走出房子，走上樓梯時甚至又被踹了一屁股。

出了房子後我順帶去對面買包鹽酥雞，沒辦法，我還沒吃晚餐。在等待的空檔我打給一眉關心一下他的人身安全。

「我已經到醫院了，大鳥他們就在我隔壁床，只是被U-bike撞而已，都是輕傷，明天就能出院了。」

「輕傷？那你來我家的時候怎麼滿頭是血？」

「我一邊走路一邊搖龜殼算卦時撞到電線杆，走路真的要注意。對了，女神那邊搞定了嗎？」

「我跟她大戰了三百回合，最後在我受了些傷之後終於搞定了。」主要是心理創傷的部分。

「聽你在吹牛，你除了高喊文青救命還能幹嘛，我卜個卦看看……小凶，你要確定欸，其實我現在肚子是有點不舒服，等等，你冰箱那優格放多久了？」

「什麼優格？我只有買牛奶。」

「……醫生！」

我掛斷電話，剛剛累積起來的怒意頓時消散，果然別人的不幸就是最大的快樂。接過鹽酥雞付了錢後老闆叫住我道：「少年仔，你是大學生齁？我上次也有看到你來，你們是來玩試膽的？」

「差不多吧，社團活動。」

「唉，年輕就是膽子大，不要說老闆嚇你，這間房子真的有問題，你們下次不要來了，不要不信邪。」

「我在這擺了快十年的攤，這裡以前住著一對帶小孩的夫妻，但那老公好像生意不順之類的，借了一堆高利貸還不出來。某天對方來討債，這一討我就沒看過他們夫妻倆了，後來高利貸被抓，警察才在地下室挖出了夫妻兩人的屍體，但是小孩還是找不到，不知道被帶去哪裡。」

「……」

「嚇到你了吧？騙你的啦，那些恐怖故事都是編的，哪有高利貸還那麼囂張的，這房子是法拍屋，只是一直賣不掉，你們每年都跑來這試膽，我就想編個故事嚇嚇你們，增加氣氛。」老闆爽朗的笑道。

「哈哈，老闆您真幽默。」我苦笑道，因為我回頭望向房子，看到一襲白色身影正從二樓的窗邊對我吐著舌頭做鬼臉。

「以祭祀鎮怨氣古皆有之，有大善成神亦有沉冤成神者。埋，鎮也，滿腹冤怨無處發，人恐災生，祭之，是為活埋神。」——《臺妖異談》

25 活埋神

26 鬼市

時近年關，正值家家戶戶大掃除的時期，大學放寒假回家耍廢的我也被強制徵為勞力，奉命把家裡上上下下都整理得乾乾淨淨。

除了把自己家整理完之外，我還加碼去文青家幫忙，畢竟他跟叔公平常沒少幫我處理一堆撞妖的事，幫人家大掃除也算是盡一點微薄之力。

到了文青家我自告奮勇去收拾叔公的房間，自從叔公去世後裡面的東西就沒動過，頂多就是擦擦灰塵。但今年嬸婆說裡面的櫃子太舊了，幾乎被蟲蛀得差不多，就讓我跟文青把櫃子搬出去丟掉。

當我們把櫃子抬起來的時候後方卻掉出一片木板，我倆這才發現櫃子後方有個暗格，裡面有一包東西被油紙捆的緊實。基於強烈的好奇心以及包裝上沒貼符咒，我把東西打開來，那是一本泛黃老舊的寫真集。

為了躲避嬸婆的追殺，叔公常把這類物品藏在家中各處，對此文青早已見怪不怪，我也習慣了，但這本寫真集我是越看越眼熟，總感覺我跟它冥冥之中有點緣分……。

隱約記得那是我國小的時候，放學的我無聊跑到了文青家去玩，這時看到叔公鼻青臉腫的跪在家門口，這種事隔三差五就發生一次，附近街坊鄰居也都見怪不怪。

叔公看到我便說文青今天會在圖書館多待一會，沒那麼快回來。

我摸摸鼻子想說算了，原本要去附近公園晃晃，這時叔公攔住了我，希望我去跟嬸婆求個情。我那時雖然小卻也知道生命誠可貴的道理便搖頭拒絕，但叔公說只要我去就帶我去逛街買東西。

小孩子嘛，對逛街是沒什麼抵抗力的，我就傻傻地去求情，然後就被吊起來打屁股了，嬸婆說我年紀小小的不學好，成天跟叔公看這些不正經的。

我一邊哭一邊走出門口，我跟叔公對上眼，兩人心中苦楚一陣共鳴，情不自禁的相擁，是啊，男人好色又有什麼錯呢？犯得著打我屁股嗎？

雖然我失敗了，不過看在我捨生取義去求情的份上，叔公還是帶我去逛街，我記得他那時抬頭看了看天象，又掐指一算，笑著對我說了一句：「剛好開市。」

叔公牽著我的手在小巷中四處穿梭，時不時拿出羅盤確認位置，那個年代沒有GoogleMap，我只當那是叔公特有的找路方法。

最後我們停在一道牆前面，叔公從身上摸出一根蠟燭點燃，我印象十分深刻，那蠟燭的火光帶著淡淡幽綠，在燭光的照耀下原本盡頭的牆如同霧氣一般消散，一條古樸的石磚路隨之出現，然後叔公便牽著我的手緩緩前行，過程中始終高舉著那支蠟燭。

道路的盡頭是一個露天的傳統市場，各種商販用簡易的木板跟鮮豔的塑膠傘撐出一個個簡陋的攤位，攤位擺的東西五花八門，除了蔬菜水果外還有些中藥材跟古玩卷軸。那些攤主有的人模人樣，有些則長著狗頭貓頭等等，我那時還小，以為那些是吸引顧客的手段，畢竟賺錢不容易，搞點差異化也正常。

叔公帶著我在攤位間穿梭，同時買了兩支麥芽糖給我，讓我記得拿一支回去給文青，甜甜的滋味讓我忘記了屁股的火辣，果然跟著叔公混就是好。

我倆就這樣邊逛邊看，偶爾逛到幾攤老闆娘穿著清涼的便多看兩眼，身為小孩子的我自然是光明正大地站著看，而叔公則被一掃把攆走，不知道是不是我的錯覺，那些老闆娘的屁股似乎長著毛茸茸的尾巴。

走著走著我們走到了市場的盡頭，那裏有一間鐵皮屋，相較於市場內其他攤位看來正式一些，叔公說外面那些都是流動的，下次來都不知道在不在，而這間是固定在這的。

我抬頭看了店的招牌，似乎叫「八方鋪」，當時我以為是賣鍋貼的，還有些小期待，走進去之後才發現裡面是一間古玩店，讓我很失望。

「嘎嘎嘎，老福啊，又被老婆打了一頓吧！」看到我們進店，店長坐在躺椅上笑道，那是一位白髮老人，滿身的皺紋顯現出他的年紀，乾枯的身軀乍看之下像根朽木，深紅的眼睛卻讓人印象深刻。

「別亂說，打是情罵是愛。」叔公為了自己的面子爭辯道：「對了，這我孫輩。我想想，你叫他巴爺爺吧。」

「巴爺爺好。」

「乖，來，爺爺給你糖果吃。」巴爺爺從櫃檯下方拿了幾顆糖果給我，就像是預先備好的一樣。

「有新貨嗎？」叔公搓著手道。

「自己看。」巴爺爺手一揮就躺回躺椅上繼續瞇著。

叔公熟門熟路的在店裡翻了起來，我也隨意看看，這才發現店裡五花八門的古董應有盡有，從日本的武士刀到民初的舊書都有，不過都是雜亂的堆著，並沒有特別整理。

正當我看得出神的時候，叔公似乎發現了寶貝正在大呼小叫，我湊過去看，那是一本泛黃的寫真集，上方的女性穿著三點式泳裝，正撫媚的躺在沙灘上，大氣的波浪長髮襯托著胸前的波濤洶湧。

「好東西啊！我告訴你，這可是這女星電視劇出道前拍的，僅此一本，之後就封奶不拍了，甚至連藝名都改過。」叔公開心的說道：「你看看這胸，嘖嘖嘖，兩手難以掌握，難能可貴的是這肉感，你看那比基尼跟手臂之間的溢出，鼘鼘鼘。」

「你是跟小孩子說什麼啊？」巴爺爺聽不下去坐起來插嘴道。

「叔公我懂，而且你看那腿，纖細修長，但下身那邊又有咬肉，摸上去肯定鼘鼘鼘。」

「我錯了，不愧是你孫子。」巴爺爺無奈的躺回去。

「老巴！這本我要了！」叔公把書放在櫃台桌上道。

「這可不便宜，孤本啊。」巴爺爺拿起那本書端詳道。

「切！小意思，說吧要幾年？」

「你這混蛋，收陽壽違法的，別每次都壓陽壽給我，你以為市場管理會擺好看的？」巴爺爺氣道：「你倒是給點錢啊，我店都快垮了！」

「要錢沒有，爛命一條，我錢都在老婆那，早上私房錢剛被翻出來給打了一頓。」叔公理直氣壯的說道：「你還是收陽壽吧。」

「叔公，我家裡有錢，我們下次再來買？」這本極品到國小的我都願意貢獻出我的儲蓄。

「下次喔……」叔公掐指算了一下道：「下次開市要三個月後，你忍的了嗎？」

「忍不了。」我誠實以告。「我要看火辣大姊姊。」

「這孩子……」巴爺爺搖頭道：「老規矩，買什麼換什麼，寫真集嘛，書中自有顏如玉，就拿女人換吧！」

「……老巴，你還搞人口拐賣啊？我報警啦！」

「我是叫你拿桃花來換。」巴爺爺瞪了叔公一眼：「先說好，你桃花被你老婆釘死在她那邊，我拿了改天你老婆就來砸我店了。」

「我老婆還釘我桃花？」叔公驚訝道：「那麻煩了，沒錢也沒桃花的。」這時叔公的眼神飄向了年幼的我。

「孫欸，想不想要這本寫真集？」叔公蹲下來說道：「你拿點桃花給巴爺爺就可以帶回家囉！」

「桃花？叔公，我沒種花啊？」

「此花非彼花，唉，你就說答不答應吧，答應了這本寫真集就可以帶回家了。」叔公說道。

「欸欸欸，你動孩子幹嘛？有沒有良心啊？」巴爺爺說道。

「別吵，他都能背九九乘法了，是成熟的大人了！」

雖然不知道巴爺爺說的是什麼，但當時的我只知道如果不拿到這本寫真集我一定會抱憾終身。

「巴爺爺，這什麼花你就拿去吧！」

「我的好孫欸！」叔公開心的抱著我說道：「叔公保證回去之後讓你先看！」

巴爺爺嘆了口氣，伸出手道：「孩子，那巴爺爺給你個折扣，只拿你十年，你可同意？」

看向巴爺爺枯槁的手，我毫不猶豫地握了上去。

時間回到現在，我拿著手中的泛黃寫真集佇立良久，心中百感交集，當天買回來之後我自然是不敢拿回家，便躲在叔公家看，之後就被叔公收起來，我一直以為是被嬸婆拿去燒掉了。

看著呆立不動的我，文青出聲問道：「你還好嗎？」

「還好。」我回神道：「文青，你知道附近有什麼市場是三個月開一次，進去還要拿根蠟燭的嗎？」

「蠟燭喔，鬼市吧？」文青說道：「那裏是妖怪鬼魂的集市，什麼都賣，什麼都收，阿公以前好像挺常去的，不過要拿犀角燭才照的出路，現在犀牛快絕種了，去一趟成本有點高。」

「那你覺得那裏能辦退貨嗎？」

「不可能吧，至少我沒聽過有人退貨成功的。」

「那換個問題，你們家鏟子放在哪？」

「門口鞋櫃吧，之前阿嬤把阿公挖出來曬太陽還來不及放回去。」

「別放回去了，我急用，叔公剛剛託夢跟我說他太陽曬得不夠。」

「腥臊海邊多鬼市，島夷居處無鄉里；黑皮年少學採珠，手把生犀照鹽水。」——唐・施肩吾《島夷行》

「陰陽交會，五里霧中，犀燭綠焰，破幻存實。人妖混雜，商貨互通，鬼市也。」——《臺妖異談》

27 木龍

叔公有一支用木頭刻成的龍形哨子，還幫他取了名字，叫阿龍。

阿龍大約食指長，深黑色的木紋看上去頗有年代，叔公說他年輕時在海邊看到一艘船的殘骸被海浪打上了岸，他撿了最粗壯的那根木頭回來，把它刻成了哨子。他說那根木頭是船的龍骨，是一艘船最重要的部件。

年代久遠的船會在龍骨孕育出「木龍」，它是船的精靈，只要遇到危險，木龍便會出聲示警，而木龍的叫聲又稱為「叫幽泉」，據傳有安魂的作用。

阿龍就是那艘船的木龍，叔公年輕時就帶著它走南闖北，只要有危險阿龍便會發出聲響，幫叔公躲過不少凶險。

叔公過世之後阿龍就被放在文青家門口的一盆水中當看門龍，阿龍就在水上漂浮著，回憶著它還是一艘船的回憶，這些年它也沒叫過，文青家也平平安安的。

有一天我朋友，暫且叫他阿健，拿了一份肯德基XL套餐來拜託我一件事。阿健幾乎一個禮拜去八次健身房，不過卻沒有很壯，據他本人招供說他去健身房只是去看妹，實在太齷齪了，搞得我也去辦了個體驗入會。

阿健的房東因為急需用錢所以把房子給賣了，雖然押金全退，但他如果不在一個月內找到房子的話就要流落街頭了。那時候正好是學期中，附近的學生房都出租的差不多，時期上挺尷尬的，不過最後他還是運氣很好的找到了一間獨立套房。

那間套房位在學校五分鐘的路程，離賣吃的地方也很近，獨洗獨曬，電費甚至是台電計費，一系列的優渥條件讓我也十分心動，但有個問題，房租太低了。

自從經歷過台客那間房子之後，我的直覺告訴我這間房子肯定有問題，阿健也認為有問題，而那位房東也十分誠實的說這間是所謂的凶宅。之前有房客因為一些感情問題想不開自殺了，他把房子放了兩三年後便又放出來出租，租了幾位租客都沒什麼問題，但是他心裡還是過意不去，所以房租就放得很低。

阿健聽完之後認為前幾位房客沒事應該算safe但還是有一點害怕，於是就找上了我，aka妖魔鬼怪吸引器，陪他住一晚，如果我住了都沒事那這間肯定沒問題。

先別管房子到底有沒有問題，這種自己往火坑跳的行為我肯定是不幹的，就算他請我吃肯德基也不能幹。

「真的不幹？」

「不幹！」

「你知道嗎，這間套房是原本的房子切開用隔間做裝潢的，所以隔音其實有點差。」
「那又怎樣，現在的出租房大部分不都長這樣？」
「我當初去看房子的時候有注意到這個問題，就特別把耳朵靠在牆上，看隔壁聽不聽得到聲音，畢竟攸關隱私權，結果你猜猜我聽到了什麼？」
「什麼？」
「這麼說吧，是小孩子不能聽的那種。」
「我自己帶睡袋跟牙刷。」

基於對朋友的關心我還是決定陪阿健住一晚，畢竟友情無價。不過我還是擔心房子有問題，所以我跟文青把阿龍借過來，如果過程中阿龍叫了，那不管隔壁的戲碼多麼刺激我都會轉頭就走。
準備萬全的我來到了阿健的房子，在踏進門前我看了阿龍一眼，嗯，很安靜，看來應該沒問題。
雖然只住一晚，我倆還是買了一堆零食飲料，打算整晚不睡比較不害怕。時間很快來到了深夜，我看了看時間差不多，就拿出書局買的玩具聽診器放在牆壁上，阿健見狀鄙視的看著我，我說這是幫他確認隔音好不好。

模糊之中我聽到了一男一女的對話聲，好傢伙，正好讓我趕上開場。

「快點……等不及了……」一道銷魂的聲音傳來。

「別擔心……她今天不會回來……」低沉的男聲道。

「呵呵……你真壞……」另一位笑道。

這情節怎麼聽怎麼不對，該不會是那種渣男出軌的劇情吧？有鑑於這麼刺激的事情不能只有我聽到，我趕緊拿出備用的聽診器招呼阿健來聽，他一聽發現這麼刺激也跑過來聽。

雖然看不到畫面，但是有著多年看片經驗的我還是從衣物的摩擦聲跟細微的喘息聲，感覺到對面正準備開始他們的表演，就在這時，對面傳來一道開門聲。

「你們兩個在幹嘛！」一道略帶沙啞的女聲加入了戰局。

「寶貝？妳不是出差嗎？」

「出你媽，我早就懷疑你們兩個了！」

然後就是一陣問候對方祖宗十八代的對話跟物品摔落的聲音，聽得我倆面面相覷，就在我們猶豫是不是應該要報警的時候對面安靜了下來。

「……寶，怎麼辦？」一開始的聲音傳來。

「……別慌……你先照我說的做……不會有人發現的……」男聲回應道。

就在我們思考對面發生什麼事的時候，阿健的手機傳來了訊息，他隨手拿起來一看，臉色難看的說道：「房東問我這周末能不能幫忙帶看隔壁房，有人也要租。」

「白癡喔，你叫他讓隔壁房帶看就好了，他們現在那麼多人都三缺一了。這不重要，隔壁現在沒聲音了，我們要不要去看看？」

「我也這樣回他，他跟我說隔壁沒住人。」

阿健此話一出我心頭一沉，我摸了摸口袋的阿龍，依舊沒有反應，這代表沒有危險……對吧？

我正想打電話給文青確認狀況的時候卻發現我的頭離不開牆壁，彷彿有人用力按住一般。

一道沙啞的女聲在我耳中爆開——

賤男人!!!!

突然的巨大音量讓我腦袋強烈的眩暈，隨之而來的是劇烈的耳鳴，我痛苦地大叫，原本壓住我的力道突然消散使我跌坐在地上。

阿健趕緊上來關心我，我示意他打給文青，現在已經不管阿龍有沒有叫了，這房子一定有問題！

阿健拿起手機後卻一臉絕望的看著我，讓我猜猜，沒訊號。可惡！現在的鬼都跟中華電信串通好的是不是？

「寶貝，開門啊。」一道輕柔的女聲帶著特有的沙啞感從阿健房間的門外傳來。

我們立刻僵在原地，下意識停住了呼吸，不敢發出任何聲響。

「寶貝？我知道你在。」

「開門啊，外面很冷的。」

「別怕，我不會傷害你的。」

「開門啊……開門嘛……我叫你開門!!」原本輕柔的聲音很快轉成了暴躁，伴隨著劇烈的敲門聲。

就在我慶幸有記得鎖門的時候，外面安靜了，我正安心下來的時候想起來一件事——這間房子是有陽台的，該死的獨洗獨曬！

我們趕緊奔向陽台，這時我已經可以透過陽台的窗簾看到一道人影從下方爬上來，一隻慘白的手正打開落地窗伸了進來。

我跟阿健趕緊把窗戶死死關上，正好把那支手夾在中間。

「啊啊啊啊啊啊啊!!」一陣撕心裂肺的慘叫傳來，然後對方的另一支手也伸了過來，試圖把窗戶全打開。

我知道窗戶一打開就死定，於是使出了吃奶的力氣，但對方的力氣很明顯大了很多，窗戶正被一點點打開，我甚至聞的到一股腐爛的味道，依我的經驗來看對面的等級猛到不行，怎麼可能前面幾個房客住了都沒事？

就在我思考如果大喊叔公救我他會不會顯靈的時候，阿龍從我口袋掉出來，阿龍這一摔的同時有一塊布團從他的哨口掉了出來，然後我肉眼可見阿龍用力地吸了一口氣，整支哨子都鼓了起來。

「嗶——————」一陣悠長又蘊含力量的哨聲響起，雖然狀況是如此的凶險，卻依舊讓人想起了碧海藍天。

隨著哨聲響起，原本被怨魂抵住的窗戶被輕易的關了回去，這時我才發現對方已經消失不見，剛剛的B級恐怖片就像是一場夢，但我知道肯定不是，我撿起阿龍後趕緊帶著阿健去文青家的廟。文青看到我們後臉色凝重，拿了兩桶2L香灰水叫我們喝下去，並讓我們在廟裡打地鋪睡一晚。

隔天文青開壇作法通靈後才了解了事情的原委，原來對方的確是因為感情問題而死沒錯，但不是自殺是他殺，她是在爭執過程中意外身死，被男方跟小三布置成自殺的樣子。這之後就由文青去聯絡認識的警察處理了，而為什麼前面房客住了沒事，偏偏我們住了才有事？

文青說小三其實是男的，對方看到我們兩個大男人住在一起觸景生情，瞬間爆炸，結論就是我衰。

「不過阿龍這是怎麼回事？他哨口被布堵住了，你知道這回事嗎？」我拿出阿龍問道。

「我不知道欸，我還沒出生阿龍就在了，我問問奶奶。」文青打了通電話給嬸婆後臉色一言難盡。

「奶奶說，她跟爺爺結婚的那天，這哨子一直叫，叫的她頭疼，她也知道爺爺寶貝阿龍，所以拿了塊布塞著就算了。」

「叔公沒有阻止她嗎？」

文青沒有回答，從手機翻出叔公當初的結婚照，只見嬸婆鳳冠霞披，臉色紅潤的坐在椅子上，手上抓著一根繩子，繩子另一端是穿著新郎服被五花大綁的叔公，他嘴裡還被塞著一塊布。

這不用阿龍叫我也知道有危險。

「海船下用直木稱為木龍，神實棲之，忽有異聲，則云：『木龍叫』，主凶。」——清．孫元衡《赤崁集．颶風歌》

「人之魂在心，船之魂在骨，魂靈宿木，稱之木龍。災險惡兆近，木龍叫喚聲，呦呦羔羊叫，下通深幽泉。」——《臺妖異談》

28 虎姑婆

身為久經歷練的情場老手，主動出擊是刻在DNA的本能，所以我常常會去酒吧尋找情緣，在那裏人們解放慾望，縱情聲色。

在酒吧混跡許久的我雖然有著高超的狩獵技巧，卻因此威脅到其他人的生存空間，常常狩獵到一半就被酒吧趕了出去，有幾次甚至出動了警察，還給我安了個騷擾顧客的罪名，根本是強詞奪理、惡意打壓，所以至今我都還沒成功。呵，看來我的魅力已經足以驚動國家公權力了。

今天附近有一間酒吧剛開幕，趁著他們還不知道我的事蹟，我立刻潛入裏頭，更重要的是有開幕活動酒品半價。

吧檯點酒是十分重要的一環，根據你點的酒決定了你的格調，經典的馬丁尼讓人聯想到優雅的紳士，HighBall則帶著跳脫的年輕氣息，另外加入一些客製要求會讓你看起來更加的老練。

一生放蕩不羈愛自由的我點了自由古巴，冰塊一半、氣泡加倍、不要蘭姆，用攪拌的，不要搖。接過酒保以鄙視眼神遞來的可樂加冰我輕抿了一口，感受著氣泡在嘴裡四溢的奔騰，25年的CokeCola沒跑了，男人，還是得懂品酒的。

我靠在吧台上看著舞池裡扭動身軀的紅男綠女，正在鎖定目標的時候一名女子坐到我身旁的位置。對方穿著黑色小可愛跟牛仔熱褲，火辣的好身材一覽無遺，該凸的凸該凹的凹，雙峰高聳，纖腰不堪一握，但是閱女無數的我當然是不為所動，男人，還是得坐懷不亂的。

「客人，鼻血擦一擦，別沾到我吧台。」酒保遞了張紙巾給我。

「什、什麼鼻血。」我回道：「這叫陽氣太盛，上火，你懂什麼？」

「呵呵。」美女笑道：「小弟弟，你是不是跑錯地方了？不會是跟媽媽來的吧？」

「咳！這位妹妹，妳是不是看錯了，我年紀可能比妳還大。」謊報年齡，基本操作了。

「我喜歡年紀小的。」

「姐姐妳好，妳有看到我媽媽嗎？」男人，還是得能屈能伸的。

美女聞言大笑道：「你真有趣，我姓胡，古月胡。」

「胡姐姐，這姓氏真美，我叫……」

「噓！」胡姐姐伸起食指靠在我的嘴唇上，此時的她身體前傾，胸前的罪惡若隱若現，「萍水相逢不用知道那麼多……你鼻血又流出來了。」

「這不是鼻血，是男子氣概。」我趕緊跟酒保多拿幾張面紙擦掉。

「你說是就是吧。」胡姐姐輕笑道：「這裡太吵了，不適合聊天，我們去安靜的地方怎麼樣？」

轉眼間我被胡姐姐帶到了旅館的房間，根據床頭放的「大人用氣球」我可以肯定這不是一間單純用來休息的旅館。

「等我，我去洗個澡。」胡姐姐纖細的手指在我胸前輕輕滑過，之後就扭著腰走進浴室。

坐在床上的我心中正萬馬奔騰，氣血下湧，難道今天我真的要出運了嘛！守身如玉那麼多年終於要被玷汙了嗎？激動的我撲通跪在地上雙手合十，向著如來佛祖基督阿拉感謝他們賜我這段良緣。

就在這時我聽到浴室的水流聲傳來，要知道這種旅館的浴室為了增添氣氛，設計上都不簡單，我能看到毛玻璃後方出現胡姐姐模糊的剪影，那曼妙的身材曲線讓人血脈賁張，如瀑的長髮襯托著腰肢的纖細，一手難以掌握的雙胸點燃著男人的慾望，白玉般精雕細琢的長腿如同藝術品一般，以及那雙腿之間幾乎垂到地上的黑色棒狀物……。

「臥槽！」過度的驚訝讓我連滾帶爬的退到房間角落，撞到了角落的桌子，上頭的東西散落一地。

冷靜、冷靜，數質數，數質數，二、三、五、七森莉莉、大橋未久、河北彩花、明日花綺羅。

呼……一定是我看錯，再看一眼。

我安靜的爬到浴室前定睛一看，嗯，確定了，比我還大，都趕上我的手臂粗了，甚至還長到能在空中揮舞，不對，位置好像怪怪的。

剛剛的驚嚇讓我來不及看清，這次仔細看才發現那棒狀物是從腰部那伸出來的，正在空中規律的擺盪著，像是一條貓尾巴，甚至連胡姐姐頭上都出現了貓耳的三角形剪影，我還以為那是新的編髮方式。

我拍了拍胸口，安心了下來。好險好險，只是撞妖了而已，又不是第一次，跟剛剛掏出來比我還大的驚嚇是不能比的。不過還不能完全放心，對方可是妖怪啊！吃人不眨眼的！再這樣下去我就要被吃乾抹淨了，物理的那種！

但是萬一呢？

萬一對方其實是那種心地善良不吃人的妖怪呢？那我不就會跟身材火爆的貓耳大姐

姐度過小孩子不能看的刺激夜晚了，一邊是身家性命，一邊是多年貞操……好像也不是不能賭？

就在我天人交戰的時候，我的手摸到了胡姐姐掉在地上的包包，是剛剛被我撞下來的，從裏頭滾出了一個紅色的透明塑膠小圓桶，那是國小常用來裝餐具的，裡面有著一套刀叉，從光澤就可以判斷出主人一定常常保養，銳利無比。

現、現代人身上帶套環保餐具很正常嘛，我自己也有一套，還在合理範圍內，雖然通常是帶筷子，但她說不定喜歡吃西餐嘛，我們不能妄下判斷。

「咚！」

這次是一罐東〇牌辣椒醬跟牛〇牌沙茶醬從包裡滾出來。

哈哈，看來胡姐姐是台中來的，而且對吃很有堅持啊，還隨身攜帶調味料，這種小堅持也有她可愛的地方。

哈哈……哈哈……哈……哈……我掰不下去了，她今天就是要吃我，老子要跑了。

就在我奔向門口準備衝出房間時，胡姐姐剛好洗完澡，全身上下只圍著一條浴巾，我接近門把的手停在空中，她甚至收起了尾巴跟貓耳，看上去就是個普通的色情大姐姐。

「怎麼了小弟弟？想回家了？」她邁動那對大長腿走到了我和門之間，擋住了我的退路。

「那個，胡姐姐妳餓嗎？我出去買點宵夜。」

「你不就是宵夜嗎？」胡姐姐的手掌輕描淡寫的推在我胸口，把我壓回床上，動作輕如鴻毛我卻只感到重如泰山，雖然我看上去是她兩倍重，卻無法掙脫她的一隻手。

「放心吧，姐姐會讓你舒服到升天的，試過的都說這輩子值了。」

直接進下輩子了是吧？看來今天真的是在劫難逃，我就只求一件事。

「胡姐姐，能不能先姦後殺啊？」

「先煎？行啊，小火慢煎還是大火快煎？」胡姐姐妖媚的舔了口嘴唇。

要涼，真要涼了。

就在我回憶走馬燈的時候房間的門鈴響了，從門後傳來中氣十足的聲音道：「警察臨檢，請配合開門！」

胡姐姐原本興奮的神情臉色一沉，瞪了我一眼表示警告之後，便心不甘情不願地去開門。

警察進房之後帶頭的竟然是常常抓我進去的那位隊長，他神情嚴肅的問道：「怎麼又是你？你們兩個是什麼關係？」

「當然是男女朋友囉～警察哥哥。」胡姐姐媚氣的說道：「春宵一刻值千金啊，還是警察哥哥你們也想參一腳？那我可扛不住。」

從胡姐姐剛剛的表現看來她對警察還是有些忌憚的，這是我活命的唯一機會，但我如果直接大喊她是妖怪，警察肯定是不信；不過我的目標是保住小命，而不是把胡姐姐抓起來，那操作空間可大了。

我看向胡姐姐一陣冷笑，接著熟練的雙膝跪地，雙手前伸道：「警察大人！我嫖妓！」

現場一片寂靜，胡姐姐一時之間不知如何反應，似乎沒想到有人可以這麼正大光明的說出自己嫖妓，支支吾吾了半天才說道：「討厭啦寶貝，這是什麼新玩法嗎？警察哥哥也是你能開玩笑的？」

「她算我兩小時三千。」我抬起頭理直氣壯的說道：「附贈殘廢澡。」

「寶貝！你過分了！」胡姐姐吼道，我隱約看到她的雙瞳豎起虎牙露出，野性十足。

「好了，兩個人都把身分證拿出來。」隊長嚴肅的說道：「你們涉嫌公平交易法第十九條的破壞市場行情……咳！我是說社會秩序維護法第八十條的非法性交易，請你們兩位回局裡協助調查。」

「警察哥哥你難道信他嗎？他一定是想報復我上禮拜跟別的男人出門。」胡姐姐撒嬌道，不忘使用她的好身材當作武器。

隊長指著我道：「我也想相信妳，畢竟沒人會承認自己嫖妓，但我跟他打過不少交道，也算熟人。」

「你想說我本性其實不壞，可以信賴嗎？」我雙眼放光道。

隊長搖頭道：「跟交到女朋友比起來，我寧可相信他去嫖妓。」

我既感動又受傷，沒想到這兩種感受能夠一同出現。

「好了，別廢話了，通通帶走。」

就在警察們要上前的時候，胡姐姐把身上的浴巾往旁一甩，眾人下意識低頭迴避，身為正人君子的我則目不轉睛地盯著她。只見胡姐姐渾身冒出黃毛，雙腳變成老虎的腳，快速的跑到窗邊一躍而下，整個動作十分迅速且行雲流水，要不是地上還留著些許黃毛跟我的鼻血，還以為自己在作夢。

「小姐，請自重！」隊長後知後覺的大喊道，但抬起頭才發現對方早已不見蹤影。

「人呢？」

「什麼人？」

「你嫖的妓啊。」

「誰嫖妓？你別憑空污人清白。」既然危機解除那當然要趕快撇清關係，我上禮拜才剛進去蹲一次，我又不是吃飽沒事整天逛警局。

我站起身拍拍膝蓋道：「我為人正直怎麼會做這種事，隊長，你讓我太失望了，缺業績也不是這樣硬來的。」

隊長招招手，後方的隊員按下隨身攜帶的錄音器，一道帥氣充滿磁性的聲音吼了出來。

「警察大人！我嫖妓！」

現場再次寂靜。

我道：「老交情了，別上手銬行不行。」

「虎姑婆，虎姑婆，家家戶戶閉門戶，誰家小兒夜啼哭，虎姑婆，虎姑婆，燒鍋煮水備碗筷，炒耳滷手滿桌菜。」——《臺妖異談》

28 虎姑婆

29 虎煞食胎

有一天文青約我一起回老家一趟，說他媽有東西要拿給我們家，我想了想很久沒回家了，就跟他一同回去。

一到家門口我熟練的跪在地上叩了三個頭喊道：「不肖孩兒斗膽回家！望娘親開門！」

過了幾秒門後傳來一聲中氣十足的喊聲：「逆子！不孝有三，無後為大，你竟然還敢回家？我說過沒找到媳婦別回來見我！哎呀，文青來了快進來快進來～」門迅速的被打開，我娘開心的把文青迎進去，把我一個人鎖在外面，最後是文青幫我開的門。

「你們母子每次都玩這套不累嗎？」文青苦笑道。

「已經好很多了，之前要三跪九叩我媽才肯開門，幸好有帶你來。」我熟門熟路的坐上沙發。

「來，文青吃個蘋果。」我媽從廚房端了盤切好的蘋果給文青。

「娘，我的呢？」我眨了眨眼睛裝可愛道。

「拿去。」我媽也端了盤切好的蘋果皮給我，她有心了，還留個皮給我。

「怎麼啦，今天想到來看我？」我媽問道。

「也沒什麼，我媽端午時多包了點粽子，讓我提些過來。」文青拿出紙袋說道。

「呵呵呵，你媽客氣了，我家冰箱也冰不下了。這樣吧，你拿給我那不肖子，這個月我就不匯伙食費給他了。」

「娘，你上個月也這麼說，我清明節的春捲都還沒吃完呢。」

「下個月我也這麼說，你粽子可要冰好，要吃到中秋的。」

在我們三人聊天的時候，門鈴響了起來，我去開門發現是住對面的沈姨，她是我媽的牌咖，我也見過不少次。號稱「八卦王」的她總是眉飛色舞的討論各家隱私，現在的她卻看上去十分憔悴，甚至瘦了幾分。

「沈姨，妳還好嗎？」我關心道。

「我沒事，你媽在家吧？」

「在的，沈姨先進來吧。」

沈姨一坐下便是一陣長吁短嘆，一看就知道有心事。

「怎麼了沈姨？今天心情不好？」我媽端了杯水給沈姨道。

「確實有煩心事，妳看我三個孩子都結了婚，大兒子生了兩個，二女兒也剛坐完月子，這麼多孫子以後怎麼帶呢？有時候真羨慕阿美姐，無事一身輕，要不幫我帶一兩個？」沈姨愁眉苦臉地說道。

「那還真是辛苦呢。」我媽臉冒青筋地笑道，一雙拳頭握的死緊，似乎下一秒就會往我臉上招呼過來。

「唉，不過說起我那三女兒，小真妳還記得吧，這懷了第一胎後身體就不太好，我每天就操心著要怎麼幫她補身子，累都累死了。阿美姐，妳這有沒有什麼好的補方？啊，我忘了，妳家還沒有媳婦。」

沈姨，您跟我有仇直接打我一頓得了，您這殺人不用刀狠了點。

就在我思考要不要去廚房把刀藏起來，避免我娘克制不住砍我的時候，文青掐指一算，臉色沉重的說道：「沈姨不對，妳之前請我算命的時候，我就算出真姐這胎必是順產，怎麼可能身體不好？」

叔公是公認有真本事的神棍，咳，有真本事的廟公，而盡得他真傳的文青自然也頗受婆婆媽媽們的信任，真姐當初懷孕時沈姨就請文青卜了一卦。

文青此話一出，沈姨原本得意的臉立刻沉下來說道：「文青你這樣說……難不成有問題？」

文青搖搖頭道：「我也不確定，要直接看過才知道。」

在文青的建議下，我們兩人來到沈姨家中，看到了挺著大肚子坐在躺椅上的真姐，此時的她面容憔悴，手臂消瘦得都見得到骨頭，根本不像是孕婦，更像病人。

眼前這狀況就連我都看的出來一定有問題，更別說文青，他早已眉頭深鎖。

「好久沒看到文青你們了，都過得好嗎？」真姐有氣無力的說道，讓我一陣鼻酸，想想她以前可是能打三個我，是附近有名的小霸王。

「過得很好，真姐妳呢？」文青坐到真姐身旁說道。

「還行，醫生說我有點營養不良，只能多吃一點了，畢竟現在一人吃兩人補嘛。」

「真姐，介意我幫妳把把脈嗎？」文青伸出手道。

真姐猶豫了一下，還是把手伸了出來，文青把了一會脈後笑道：「放心吧真姐，一定會平安生產。」

真姐聞言便放下心來，我們三人又敘了一會舊，文青就站起身示意我跟上。我們走出房門後文青搖搖頭道：「虎煞食胎，凶多吉少。」

「那是啥？」

「人分好人壞人，氣分正氣煞氣。煞氣，虎形也，喜食胎兒，被纏者輕則流產不孕，重則母子雙亡，故曰，虎煞食胎。」文清說道：「以前不讓孕婦在晚上出門，就是怕沾到路上的煞氣；另外，古人婚宴時會避免屬虎的人靠近新娘也是有這層忌諱在。」

「聽不懂，所以有解嗎？」

「三月生魂，七月產魄，十月形身，是為懷胎十月。如果懷胎三個月內，我還可以照古法開個壇做個法把對方送走，但現在真姐已經五個月了；我如果判斷沒錯的話，現在嬰兒的三魂七魄已經被吞了一魂三魄，就這樣把虎煞送走的話，就算孩子生下來也會有問題。」文青說道：「不過我還有一招，得請個幫手，過程中需要你做點犧牲，請不請得來也看你的造化，如果請不來你可能就交代在那了。」

「說明那麼多幹嘛？不就賭個命？那可是真姐，直接上就是。」

◇◇◇

真姐的房間內，床上一道人影正熟睡著，這時外面一陣狂風吹開了窗戶。空無一物的地上揚起了一道道粉塵，規律的節奏如同有物體行走一般慢慢地往床邊前進，最後粉塵停留在床的前方，那裡的空氣倏然凝結，讓人感到窒息。

一頭兩人高的黑色老虎在原地緩緩浮現，牠臉上掛著詭譎的微笑，銳利的眼神笑瞇成了一條線，接著牠俯身貼近床上的人影，大口一張咬了下去。

就在此時，牠的動作僵在原地，然後迅速轉身就往窗外奔去。

剛剛還開著的窗戶突然被用力的關上，文青正站在窗外沉著臉看著牠，文青劍指夾著一張黃符，在空中虛畫一陣後貼到了窗上，黑虎的爪子一碰到窗沿就如同觸電般收了回來，甚至帶著些許焦味。

「你這貪吃鬼。」我緩緩的從床上爬了起來，手裡還抱著一尊黃色的老虎塑像。沒錯，從一開始床上躺著的人就不是真姐，而是我，為了引對方上鉤，我甚至帶了假髮，換上了真姐的衣服，還畫了一點淡妝，別問我為什麼會化妝，問就是誤交損友。而這尊老虎塑像來歷就大了，祂是文青廟裡桌下的虎爺，聽說以前是山中一霸，被王爺扁了一頓收服來的。

黑虎此時正呲牙咧嘴的看著這邊卻不敢有進一步行動，很明顯的，黑虎十分忌憚虎爺，這下可算是小混混遇到大流氓了。

「好了，我們談個交易，你乖乖把真姐小孩的魂魄吐出來，並發誓再也不幹壞事就放你走，否則……哼哼！」我舉著虎爺塑像，人仗虎勢的說道：「休怪我不客氣！」

黑虎思考了一下，伸頭一刀縮頭也是一刀，便決定拚一把，弓起身子眼見就要暴起衝上。

「看來是敬酒不吃吃罰酒，上啊虎爺！就決定是你了！使用瘋狂亂抓！」在我充滿氣勢的喊聲之後，是一陣寂靜跟紋風不動的虎爺塑像。

「欸？不是吧？是不是訊號不好？虎爺？虎爺？換你上場囉？」我不敬的搖了搖塑像，文青不會拿了個假貨給我吧？

黑虎見狀瞇起眼笑了起來，後腿一蹬就往我撲了過來，好在我反應夠快，急忙往旁一滾躲了過去，在黑虎的攻擊下我後方的櫃子被砸了個稀巴爛。

「虎爺別睡了！再睡就出人命了！我叫你聲哥還不行嗎？虎哥！」我對著塑像大喊道。

很快的黑虎轉過身來，身軀一弓又撲了過來，我急忙把塑像舉在身前，急中生智大喊道：「我回去買罐罐給您!!!」

此話一出，一隻巨大的虎爪從塑像內迅速伸出，原本在半空中的黑虎被硬生生的拍在地上，接著一頭黃毛大老虎的身影慢慢地從塑像內飄出，祂足足有黑虎的兩倍大，原本寬敞的雙人房被占去了一半的空間。

虎爺邊打著哈欠邊盯著祂爪下的黑虎，後者被壓在地上動彈不得，渾身不斷的發抖，最後只能虛弱的「喵」了一聲。

「沈姨說真姐的身體好很多了，都可以空手榨蘋果汁了。」文青躺在廟裡的躺椅上翹著二郎腿捧著一本書道。

「這才是我認識的真姐，小時候我掀她裙子時差點沒把我天靈蓋砸開。」我蹲在神桌下認命的拿著抹布幫虎哥擦著塑像，而在虎哥腳下有一隻用黑色摺紙折成的小老虎。

「虎哥您吃好勒～」我恭敬的供上罐罐後磕了三個頭再爬出神桌。

「你怎麼那麼熟練？」文青皺眉道。

「你不是看過我怎麼回家嗎？磕個頭基本操作。」這年頭年輕人就是把尊嚴看太重，這玩意兒又不能吃。

「對了，沈姨有拿東西給我們，算是答謝。」文青拿了一袋紙袋給我。

「哎呀～沈姨也是客氣了，我看看是什麼？」我打開紙袋一看，裡面是一顆顆綠油油的文旦。

「這不是快中秋了嗎？沈姨就送了一堆文旦來，放心，我知道你窮學生，我的份也給你了。」

「……好歹送盒月餅吧。」沈姨您這是恩將仇報吧！

「也有送，但那東西高熱量對身體不好，我處理就好。」文青欠扁的說道。

「好意我心領了，不如你幫我拿回家給我娘吧？」

「我拿過了，阿姨說這讓你吃到清明，她就不給你匯生活費了。」

我看著手中的文旦，想著租屋處冰箱的粽子及春捲，切身感受到了母愛如山。

「白虎就是天狗，婦女如果觸怒白虎就不會懷孕，那是因為胎兒被白虎吞掉了。這時就要請道士來作法，如此婦女才會再次懷孕。」——《民俗臺灣．白虎》

「孕婦晚上不能外出，否則會觸犯黑虎神，對胎兒不利。」——《民俗臺灣．黑虎神》

「天地自生煞氣。煞氣，虎形也，喜食胎。白虎傷胎，黑虎食胎，虎煞吞胎，母子俱亡。故迎娶時吊豬肉以誘虎，禁寅年生者近。若仍不幸煞氣纏身，需攜竹籠，置供品，於河邊焚燒送虎，是為謝白虎。」——《臺妖異談》

30 長尾三娘鯊

今天來說說我的朋友，暫且叫他釣客，因為他是個很愛釣魚的人。我跟釣客是高中同學，但其實我跟他不同班。

第一次見面是某次的愛校服務，那天我再次因為騷擾女同學被教官處罰，不是我自誇，幾乎整間學校的地幾乎都被我包辦了，要不是我志不在此，工友都要失業。

那天的掃地人員只有我跟釣客，閒來無事我就問他怎麼被處罰的？他說他拿釣竿去釣噴水池的鯉魚被教官抓到，釣竿也被沒收。我又問他怎麼把釣竿拿進學校的？他說只要有心，任何東西都能當釣竿，我不相信，於是他從口袋拿出釣線跟釣勾綁在掃把上，從旁邊的花圃挖了隻蚯蚓出來，我倆地也不掃了，就蹲在噴水池旁邊一下午把池子裡的魚都釣光，之後連續掃了一個月的地。

後來我們考上了同一間大學，雖然不同系但是我還是很常看到釣客，因為他總是蹲在學校的樹林裡挖蟲當餌。

俗話說「機會是留給準備好的人」，我為了早日找到另一半總是會學習各種不同的才藝，說聲「把妹百藝」都不為過。現在的我可以在五分鐘內把曬好的衣服疊到椅子上，也可以用最簡單食材煮出最好吃的統一麵，要不是我志不在此，小時光麵館都得關門。為了充實自我，大學時我便向釣客虛心求教如何釣魚，他也開心的傾囊相授。

某天清晨我們騎著車到了學校附近的漁港，天還濛濛亮就已經有一些人坐在那開始垂釣，但釣客對聚集的人群視若無睹，騎到了海邊的僻靜一角，那裏亂石群立，只有少數的地方可以落腳，我親眼看到一隻海鳥沒站穩掉進海裡就再也沒上來了。

釣客自豪地說這是他的珍藏釣點，平常都沒人來，我猜可能是怕摔死，也就釣客這種為了釣魚可以掃一個月地的人敢來。

因為我是初學者，所以釣具都是跟釣客借的，我只有幫忙出一半釣餌的錢，他怕我不敢碰蟲所以拿了蝦子當餌料，真是貼心，這我要做筆記。

我坐在小北買來的折凳上愜意的看著浮標在海浪中載浮載沉，先不論危險性，這裡確實是不錯的地點，旁邊有樹林可以遮蔭，環境也清幽，十分適合兩人約會，不禁讓我想起我和我女友相遇的情景。

當初在迎新茶會上，身為主揪的我清點人數時發現有一名學妹還沒到，活動到一半時她才姍姍來遲，抓著頭道歉的她看上去大剌剌的，與其說是學妹不如像是好兄弟，高高的馬尾和陽光外向的氣質，讓人下意識的認為她是戶外派的。

實際上她也是，自我介紹時說興趣是釣魚，那時的我已經有至少十年的釣魚經歷，所以我倆也順其自然的搭上了線。

在一次相約釣魚時，她釣中了一隻大魚，但那魚最後的掙扎卻差點把她拽進海裡，我急忙上前抱住她。

雖然我們平時總是稱兄道弟，這時過近的肢體接觸卻讓兩人意識到彼此的存在似乎不只是朋友，更像是多年的情人，一股莫名的感情在心中慢慢萌芽，然後就天雷勾動地火，一發不可收拾……。

——好！劇本都想好了，要不是我志不在此，三立編劇都得失業，現在只差去當主揪跟累積十年釣魚經驗了。娘你等著，兒子要帶媳婦回去了。

就在我編排自己的未來計畫時釣客不斷叫著我，我才發現我的浮標已經沉進海裡，我急忙用力一拉，這才發現對方不是省油的魚，一股巨力險些把我拉進海裡。

這時釣客急忙從後方抱住我，雙手緊緊握著釣竿，雖然我們平時總是稱兄道弟，這時過近的肢體接觸卻讓兩人意識到彼此的存在似乎不只是……不對！我成女主了！我趕快把釣竿交給釣客，走到一旁打了自己一巴掌反省剛剛的想法。

釣客不愧經驗老道，很快的就把那條魚釣了上來。那是一條成人小臂長的鯊魚，通體灰白，流線型的身軀跟滿嘴的尖牙表現出海中頂獵的風姿。令人印象深刻的是牠的一雙大眼睛，幾乎佔據了臉的一半，照理說大眼萌魚應該要是可愛的，但是我們只覺得心裡發寒，釣客說想把牠放回去，畢竟鯊魚也不好吃，魚是他釣上來的，我便由他決定。

當釣客把魚丟回海裡時那鯊魚並沒有立刻游走，而是在海面游了一圈才走，同時那雙眼睛死死的盯著我們，讓我們有種不祥的感覺，心裡不太踏實。

這時後方傳來陣陣腳步聲，我們吞了口口水慢慢轉頭，一道黑色的身影從樹林冒了出來，我倆頓時驚叫，那是一名警察。

「兩位，這裡禁止釣魚。」

在我熟練的跪地求饒之下警察同志僅僅讓我們趕快離開，雖然這次的釣魚行沒有釣到什麼，不過給我的感覺還不錯，所以過沒多久我又問釣客什麼時候要去第二次。他說他得再找找新的釣點，找到了再跟我說。

又過了一陣子，我想說很久沒有釣客的消息所以打電話給他，他卻始終沒有接，我心中一抖，他不會是去找釣點找一找掉進海裡了吧？

來到他家門口我發現他的機車還停在那，看來應該在家，敲了敲門卻沒有反應，又大喊了幾聲一樣沒有反應，我試著打開門卻發現門沒鎖，於是鼓起勇氣走進他家。

一下腳便踩到一個柔軟的東西，那是礦泉水的瓶子。我知道釣客他家沒有飲水機，所以一直都是從學校裝水或是買箱水回來，此時地上散落的寶特瓶卻多到不可思議，我幾乎沒有可以踩的地方。

一邊喊著釣客的名字我一邊探索著他家，很快的我看到廁所的燈是亮的，從半開的門縫中我隱約看到一道人影。我輕手輕腳的走了過去，越來越確定廁所裡的人就是釣客，不過他不知道為什麼跪在洗手台前。

當我打開門時卻發現他把整顆頭塞進了裝滿水的洗手台裡，雙手無力的垂在兩旁，眼看就要溺死在裡面。我急忙把他拉開，失去意識的他倒在地上一動不動，我拍拍他的臉呼喚他卻沒有反應，但是他的身體還有一點溫度，我急忙打電話給救護車並幫他做CPR。

救護車還沒到他就醒了，同時咳出一攤水。我還沒來的及問他發生什麼事就看到他痛苦的掐著喉嚨像是要窒息一般，他慌張的站起身把頭泡回洗手台，伴隨而來的是陣陣的咕嚕咕嚕聲。

我再次上前拉開他，他卻高喊著他沒辦法呼吸並劇烈掙扎，我一人實在拉不住他。

幸好這時兩名救護員也到了，我們趕緊把釣客控制住讓他遠離洗手台，一開始他還在劇烈掙扎但很快的力道就越來越小，最後甚至停了下來，我把手往他鼻前一探，他竟然真的窒息了！

救護員立刻拿出氧氣罩幫他供氣，卻始終不見好轉，我心思一動找到水桶裝了一桶的水往釣客臉上一潑，他立刻醒過來在地上渾身抽搐，那模樣就像一隻被釣上來的魚。

發現釣客情況異常的救護員們一時間不知道怎麼移動他，讓他繼續待在水裡會溺死，帶他走又會自己窒息。

我看著手上的水桶靈機一動，開口說道：「你們看過海綿寶寶怎麼去珊迪家的嗎？」

當文青到達醫院時他滿臉問號，這是什麼情況？

為了移動釣客我把水桶底部開了個洞套在他頭上，拿他的衣服塞在脖子的縫隙那，然後把水倒進裡面，並讓水面保持在嘴巴以上鼻子以下的位置讓他既可以碰到水又不至於真的溺斃，最重要的便是幫他拍照，方便之後嘲笑他用。

在我採取海綿寶寶救護法之後，釣客的狀況就很穩定，只是講話時有咕嚕咕嚕聲不太方便；只能說不愧是我，要不是我志不在此，黑傑克都得叫我一聲師父。

在救護車上我就打電話給文青了，表示釣客錢包在我手上讓他趕快坐計程車過來，順便包個麥當勞全家餐，錢不是問題。

可惜天地良心的文青並沒有真的買麥當勞過來，我大致跟他講解了狀況，包括我們之前去釣魚的事。

「長尾三娘鯊。」文青說那是傳說中的妖魚，那雙大眼睛會詛咒把他釣上來的人，他說完後我心中有些後怕，如果那天是我把魚釣上來的話，現在戴著水桶咕嚕咕嚕的人就是我了。

「有解嗎？」我問道。

「簡單。」文青點頭，他讓我去裝盡量多的水過來，並多叫兩個人過來。

我走到醫院的飲水機旁直接搬了一桶水，並請了兩名男護理師幫忙，一切就定位後文青拿出一包灰色粉末倒進水中讓我搖勻。

「這是什麼？」那灰色粉末讓我十分熟悉，好像在我的童年佔了濃墨的一筆。

「香爐灰。」果然，每次我撞到妖後，叔公都會拿這東西給我喝，說是百病不侵強身健體，考試都考一百分。

沒等我問為什麼，文青便接過水並指示護理師按住釣客，接著迅雷不及掩耳的把爐灰水倒進水桶裡，釣客開始劇烈掙扎，我懂，那真的很難喝。

兩名護理師見狀有些猶豫，這民俗療法正在把他們多年的學習知識按在地上磨擦，正想停手卻被文青喝止。

「關鍵時刻，都抓好！讓他喝完就好了！」

「可是這會不會太過火？」其中一名護理師問道，他常常看見病人會使用一些偏方，主要是心理有個慰藉，但這偏方別說慰藉了，沒得心理創傷都算病人了不起。

「那我問問本人，感覺如何？」文青問道。

「咕嚕咕嚕咕嚕咕嚕!!」釣客答道。

「他說好喝，他還要。」

我覺得不是。

無情的文青繼續把爐灰水倒進水桶裡，就在釣客幾乎喝了滿滿一桶之後他突生巨力甩開了護理師，拔下頭上的水桶後趴在地上吐了起來，然後在滿地的灰水中一顆半個拳頭大的魚眼睛被他吐了出來。

那眼睛毫無生氣，看得讓人心裡發慌。文青立刻拿出一條紅布把眼睛包了起來收進懷裡；而吐出眼睛後的釣客也沒有喊著要窒息，趴在地上大口大口的喘著氣，手腳還微微的在抽搐。

「大功告成。」文青合掌道：「不過剛剛那眼睛可不是好東西，麻煩拿四個杯子過來。」

文青在杯子裡都倒了滿滿一杯爐灰水，我們四人就這樣圍著釣客乾杯，慶祝事情落幕。

「不過文青，釣客這樣手腳抽啊抽的是不是有後遺症？」我擔心的說道，剛剛在他家的時候他也是手腳抽搐，跟魚一樣。

「喔，沒事，這是水中毒，趕快叫醫生。」

「無鱗之魚，海中之災。生有女面，雙目如鈴；瞳中死氣，懾人心神。睚眥必報，似婦人心，是故稱，長尾三娘鯊。」

——《臺妖異談》

31 滾地魔

人的一生中總有幾張逃不掉的單子，水電繳費單、交通罰單、停車帳單、繳稅通知單等，如果你是男人的話，那還有一張——兵單，今天要說的故事正和我當兵的時候有關。

老實講就算不特別提，關於當兵的故事就多到不行，光是抽兵種就有找人代抽一定海陸、手要擦薄荷油才抽得到涼兵之類的傳說，但主題畢竟是妖怪，我們要說的還是鬼故事為主。

雖然我們這代不用像以前那樣當兩年的兵，我進兵營的時候心中還是會不安，當時在進營的接駁車上，坐我鄰座的還裝得一副天不怕地不怕的樣子，說當兵沒什麼也才四個月，眼睛一閉就當完了。

但是正所謂「髮婆一刀青絲落，男兒低頭眼淚流」，當髮婆那一支剃刀嚕過他的頭之後，他哭的是涕泗縱橫，我沒笑他，畢竟我也哭了；也因為一起留下熱淚的關係，我跟他就是好兄弟了，洗澡都一起洗的那種，為了方便稱呼我們先叫他哭包。

哭包這人是個很會說幹話的人，十句話裡有十一句是假的，所以跟他聊天很開心。

男人聊天的內容總是不出車子、女人跟當兵，我和哭包的聊天內容差不多也是這樣，但我們都還在當兵，而且年輕人也沒錢買車，那就只能聊女人了。

他總是說自己閱女無數，江湖人稱百人斬，需不需要抽空教我兩招，讓我拿去對付營站阿姨，這時我總是會沒好氣的揍他一拳，也因為有哭包讓我當兵的時候沒那麼苦悶。

除此之外，我們營中還有一件很特別的事。那就是我們有養一隻黑狗，大家都叫牠「連長」，但為什麼其實我也不太清楚，聽說牠來部隊很久了，比現在的連長還久，已經沒人知道當初誰把牠帶進來養的。

有趣的是牠每次都在連長辦公室門前睡覺，也不知道牠是聽得懂自己名字，還是因為那裡的冷氣最涼。

有時候我們在操課，牠還會在一旁巡邏或是跟我們玩，班長甚至規定我們看到連長時必須敬禮叫學長，還特別安插一個負責照顧連長的缺。

雖然奇怪但也沒人說什麼，多一個爽缺可以接又有什麼不好的？顧狗再怎樣都比掃地割草好。

那時在軍中大家晚上無聊的時候總會隨便聊，有一天晚上便聊到了鬼故事，像是兵營其實蓋在刑場上、某間廁所曾經有學長上吊、營區小紅傳說、高裝檢的時候總會有東西莫名消失之類的，這些都是我們當初在外面聽到的，也不陌生。

這時班長剛好路過，聽我們在說鬼故事就興致高昂的參上一腳，聽他說之前有學長站到了凌晨的夜哨，地點還是最荒涼的彈藥庫，那地方我有路過幾次，好聽一點叫彈藥庫，難聽一點叫廢墟，因為位置荒涼、蚊蟲還特別多，每次站完崗總是渾身包。

故事裡的學長在兵營裡混的熟了，早就看準了查哨官會來的時間，趁著空檔就坐在鋼盔上半瞇著補眠。當學長意識恍惚似睡非睡的時候，他感覺到一絲冰涼滑入他的後頸，學長頓時一陣哆嗦。他原本以為是下雨，看了看天空卻是萬里無雲，於是伸出手摸了摸後頸，手上的觸感有些黏膩。

那時彈藥庫的路燈有點老舊，燈光有些昏暗，學長看不清他到底摸到了什麼，就把手指湊到鼻子前聞了聞，突然衝入鼻腔的腥臭讓他反射性的往後一靠。

這一靠，一股撞到東西的觸感傳來，學長雞皮疙瘩瞬間起來，他是側靠著牆睡的，也就是說他的背後應該是空無一物。

學長下意識便想到是查哨官來了，故意站在後面要嚇自己，於是急忙起身敬禮。站在學長後方的也確實是一名站得筆挺的軍人，他卻發現對方身上的軍服樣式似乎有些老舊，不像是現代的；接著對方緩緩舉起了右手回敬禮，順著對方的手，學長的目光從老舊的軍服移到了對方的臉上。

學長頓時尖叫出聲，整個人坐倒在地，那人的脖子以上什麼都沒有，舉起的右手就這樣懸在空中，原本該在那的人頭卻被他抓在左手上，毫無血色的臉正雙眼圓睜的瞪著學長，而汩汩鮮血從脖子的斷面流出。學長這才明白剛剛滴到他後頸的根本不是雨水，他把手湊到眼前一看，發現雙手已滿是血紅。

班長的故事就說到這邊，他說後來那學長被查哨官發現的時候已經昏過去了，醒來之後直接被嚇瘋，後來就驗退了。

我聽完後有些害怕，因為聽班長的語氣好像真的發生過，不過班長之後補了一句叫我們以後站崗的時候別偷睡覺，不然小心無頭人去找你，我才覺得這故事是編出來嚇我們的。

可是隔天晚上正好輪到我和哭包站彈藥庫的崗。

站崗的時候我和哭包臉色都不是很好，聽完班長的故事後我們兩個有些害怕，就有一搭沒一搭的聊著，絕口不談昨天的故事，但是長夜漫漫話題總是會說完。

在沉靜了一段時間後，哭包竟然開口問我覺得那故事是不是真的，我還以為我們之間有默契絕口不提。

人在遇到想逃避的事情時總是會變得特別理性，或是特別愛找藉口，像是減肥時會說服自己薯條算沙拉、熬夜時會說服自己只需要睡三小時之類的。在那一瞬間我列出了一大堆的理由告訴哭包故事不是真的，像是站崗通常都是兩個人，故事裡的學長卻只有一個，或是我們現在的路燈比以前亮之類的。

面對我有些牽強的藉口哭包也只能相信，接著不知道是不是他成功說服了自己還是怎樣，便不再談論這個話題，沉默了起來。

又站了一段時間，漸漸地睡意朝我們倆襲來，但我們畢竟還是菜兵，很怕會被查哨官抓到，於是決定互相監督，只要看到對方快睡著了就推一下。

一開始成效還不錯，不過撐了一段時間後眼皮子依舊越來越重，最後我終於撐不住閉上了眼睛；過沒十秒我卻立刻就被推醒，我搖了搖頭試圖把睡意甩掉，接著看向一旁的哭包，正想跟他道謝時卻看到他早已閉上眼睛，頭正一點一點的打著瞌睡。

既然哭包睡了，那剛剛是誰推我？

我整個人寒毛倒豎，呼吸也凝重了起來，一雙眼睛直直的盯著前方不敢亂看，因為我聽到了規律的滴答聲在身後響起，而且越來越近，隨之而來的是一股腥臭味。

多年的怪奇經驗告訴我，有些東西只要你不去意識到祂的存在，祂也不會來驚擾你，所以我鐵了心不回頭。

這時候哭包竟然醒了過來，揉了揉惺忪的睡眼問我怎麼沒叫醒他，他看到我神情不對還有些疑惑，以為是查哨官來了就急忙回頭一看，不看還好，他這一回頭我就前功盡棄了。

哭包一轉頭便大叫一聲跌坐在地，雖然我沒回頭，但我也知道哭包看到了什麼，我心想不妙，拿起步槍回頭就是瞄準，照著訓練所說的將槍上膛；雖然不知道槍有沒有用，不過有總比沒有好。

接著我就看到無頭人站在我們後方，距離我們大概五步的距離，對方就像故事裡所說的一樣；穿著老舊的軍服，脖子以上空空如也，汩汩鮮血正在流出，原本應該在那的頭則被左手緊緊抓著，一雙毫無生氣的眼睛死死的看著我們，伴隨而來的是一股腐爛的腥臭味，不禁讓人縮緊鼻頭。

意外的是對方似乎沒有要上前的意思，僅僅是站在那邊看著我們，但我的槍依舊舉著不敢放下，誰知道槍放下的瞬間他會不會直接撲過來。

趁著和無頭人大眼瞪小眼的時候，我細細打量著對方身上的裝扮。他身上的軍服看上去是民國早年的軍服，至少不是現代的，到處都破破爛爛，甚至還有彈孔跟刀痕，看起來就像經歷過一場惡鬥。

當我看到他手臂上綁的一塊紅布巾時，似曾相似的感覺湧上心頭。

就在我和對方對峙的時候，一股腥臭味以外的味道飄入我的鼻腔，這味道我再熟悉不過，就是經常在兵營廁所裡聞到的味道，我轉頭看向坐倒在一旁的哭包，一攤水正從他的跨下緩緩流出。

現在這種劍拔弩張的情況哭包竟然給我尿褲子？

但是說也奇怪，哭包一尿褲子之後無頭人很明顯的退了兩步，雖然他的心情我懂，我也想退兩步，對方怎麼說也是幽靈，會怕髒嗎？

我一度還以為我看錯了，不過無頭人確實在後退著，最後融入了夜幕就這樣消失了。

我和哭包面面相覷，不知道到底發生了什麼事，最後逃過一劫的我們放聲大笑著，五分鐘後被查哨官電到飛起來又是另外一個故事了。

奇怪的是，那天之後原本很親人的連長唯獨看到哭包就逃得遠遠的，哭包百思不得其解，也很難過；因為從此之後他再也接不到照顧連長的缺了，但連長反常的答案已經悄悄出現在我心中。

照顧連長的時候有幾件事情要注意，不能餵牠吃太多東西、不要讓牠跑去兵營外面、大便要記得清，還有一件事很重要，就是不能碰牠脖子上繫的紅領巾，不然牠會咬你。

我相信各位應該也猜到事情的始末了，在輪到我顧連長的時候，我看著趴在樹下正在休息的連長，問牠當初是不是牠來嚇我們的？

聽到我的問題，牠突然狗軀一震，雙眼看著我，表情有些驚訝。我笑了起來摸了摸牠的頭，跟牠說下次別這樣了，如果被人開槍的話就不好了。連長委屈的垂下耳朵看上去十分失落，這時我拿出了一張紙條，上頭是一個名字，那是那天晚上無頭人身上的名牌寫的，我記了下來。

當我唸出那串名字時，連長豎起了耳朵看了看我，難過的嗚嗚了一聲，看來我猜的沒錯，連長變的無頭人就是牠的主人；不過看無頭人的樣子恐怕已經不在人世了，而且年代久遠，就算我想幫連長找他的家人恐怕也有困難。

我和班長就這樣坐在樹下，牠有氣無力的晃著尾巴，我則安慰的摸著牠的頭。

出營之後我自己掏錢做了一個項圈給連長，上頭除了寫著連長，我還在一旁寫上了牠主人的名字，這是我唯一能為牠做的，至少這樣除了連長外還有人能記得那人的名字。

很快的我就退役了，雖然哭包當初跟我說他尿褲子的事情不准跟別人說，但是前面說過了，男人聊天的話題就那幾件，這麼有趣的故事我怎麼可能放過，所以每次只要跟認識的人見面聊起當兵，我總是會提這一段，反正這群人又不認識哭包，聊八卦的事能算違約嗎？

直到有一次我和一眉聊起這件事，他一聽完這故事就會心一笑，然後他跟我說了一句話，童子尿可以驅邪降妖。

我又追問他童子尿是什麼意思？他回說，童子俗稱——處男。

「昔有黑犬妖喜戲弄於人，每有人車過街，常滾地而上，阻礙行進。或夜深人靜時，化犬頭人身，驚嚇路人。」——《臺妖異談》

32 縊鬼

有一天，我被我們系主任主找去約談。系主任是老師之間投票推選出來的，但不是看誰最有能力，而是看誰口才最好，投票當天各位老師要上台跟其他人講述他是如何的無能及忙碌，此般大位他承擔不起。

因為系主任這職位鳥事一堆，美其名是主任，實際上就是打雜的，系上有事首當其衝的就是系主任，這屆的主任更是忙碌，因為我常常被其他系的學生投訴尾隨及騷擾，所以要去跟其他系的老師道歉；更別說我三不五時會被警察杯杯帶回去泡茶聊天，還要來保釋我，看著他日漸後退的髮際線我有些慚愧。

這次的約談不出意外是他又收到了投訴，最近社團大樓的學生說晚上活動結束回家時常常看到一道人影出現在大樓附近，跟著他們一段時間後又消失。對方看到如此行徑第一時間就聯想到我，直接投訴到系上。

「我不是跟你說了，不要再尾隨學生了嗎？」主任捏了捏發痛的額角說道。

「主任，這次冤枉！那人不是我。」我澄清道：「只是看到人影而已怎麼就能說是我，上個禮拜我們去跟法律系主任道歉時，不是有學到什麼叫無罪推定嗎？指控人要講證據！」

「對，然後他就拿出手機錄影，上面很明顯的拍到了你。」

「不得不說三星的夜拍功能是真的強，那天那麼暗都能拍到。」我回憶道：「但這次沒錄影吧！」

「沒有，但是你嫌疑很大。」主任說道：「你老實跟我說，這人到底是不是你，你現在承認我不罰你。」

「不是。」我理直氣壯說道。

「真的不是你？」

「真的不是，因為我最近是在女宿那邊，主任你知道上學期財經系剛轉來一個大二的，該大的大，該小的小，那個身材叫一個哇賽。」

「……系上服務四十八小時。」

「說好不罰的呢！」

「那是社團大樓，女宿另外算。」

遭受了無妄之災的我只能含淚硬吞，誰叫生活就是如此艱難。不過主任說的人影讓我有些在意。雖然我知道自己沒幹，但別人可不這麼認為，再這樣下去我的名聲只會越來越差；所以我隔天晚上去了社團大樓一趟，想看看對方到底是何方神聖，能直接抓起來最好。

我們學校的社團大樓約有二十年的歷史，灰白帶裂痕的水泥牆面，部分剝落的卡其色瓷磚顯露出一股民初老建築的風情。建築本身是五層樓高，大部分老社團的社辦都在這邊，新社團申請不到位置的多半都被分派到學生餐廳的地下室；雖然那邊裝潢較新，但是地下樓層的手機訊號奇差無比，相較之下社團大樓雖然老舊卻依舊有許多社團駐地在此。

晚上的社團大樓不得不說真的陰森，老舊建築本身照明就不太夠，附近還有幾盞路燈是壞的，這種情況下難以看清誰是誰，再加上夜晚的教學樓這一個鬼故事基本要素，不成群結隊很難自己過來。

這種環境加上老舊建築很容易就有校園恐怖傳說傳出來，像是什麼以前有學姐跳樓還是上吊，或是什麼七月鬼門開的位置之類的，每間學校都有的那種老套傳說。說不定對方只是因為這些故事而疑神疑鬼也說不定。

我在附近幾個常去的偷窺，咳！我是說休息地點繞了一下，並沒有看到人影，看來對方是個外行，連找點都不會。

以防萬一我在社團大樓那邊多待了一會，如果真的抓到可疑人士的話我這也是大功一件，絕對不是因為熱舞社正在一樓做舞蹈排練。

可能是因為接近成發了吧，他們這次的女舞練習直接穿上了表演服，短到腿根的熱褲跟露臍裝展露出完美的肉體曲線，尤其是那道因為充分運動而鍛鍊出來的銷魂腰線還有緊緻白滑的長腿，當然，我是以學術研究的角度去看的。

研究了大概三十分鐘後，還真的讓我看出了東西，一道人影就站在走廊尾端似乎也在盯著熱舞社，因為那邊照明不太夠，我只看得出對方很高，目測可能有１９０。

嘖嘖嘖，看來真的是外行，站在那個角度不是只能看到後背跟屁股嗎？不對，說不定這是我從未設想過的偷窺角度，我是說研究方向，看來他是個另闢蹊徑的研究員啊，是我小看他了。

收起我的敬佩之心，該抓的還是得抓。我悄悄的前往大樓的側門，那邊正好可以繞到對方的後面。雖然現在側門的鐵捲門是放下來的，但是我知道旁邊教室窗戶的鎖是壞掉的，駕輕就熟地翻進教室後，我輕手輕腳的走向剛剛人影的位置，並且拿出手機準備拍攝下來以還我一個清白。

當我走到時那裏卻空無一物，我正思考著對方可能轉移到哪邊的時候，看到一道人影走上了樓梯，我保持著距離再度跟了上去。最後人影走進了四樓的女廁，我沒有跟上去伸張正義，而是趕緊藏在樓梯口屏住呼吸，不是因為那是女廁我不敢進去，而是因為借著女廁門口的燈光我看清楚了對方的樣子。

那不是人。

修長的身型不是身高高，而是因為頸部被拉長所以看上去很高，脖子上套著一條漆黑的麻繩，在地上與雜亂的長髮一同拖拽著，雙手指甲幾乎脫落，下面的甲床鮮血淋漓，渾身散發出腐爛臭味令人反胃。

她甚至在走進廁所前回頭看了一眼，充滿血絲的雙眼及垂至胸口的長舌無一不讓人驚悚，只能說好險我藏得快。

當她走進廁所後原本明亮的燈光立刻暗了下來，整層四樓一片寂靜。等待了一會確定毫無動靜之後我非常小心的移動腳步，不敢發出一點聲響。走出側門時憋著的一口氣才敢吐出來，要不是我撞妖經驗豐富，正常人早就尖叫出來了，這種情況下最好的方式就是無視對方，不讓她發現你。

雖然這次逃過一劫但也不能這樣放著，我傳訊息給文青讓他有空時來看一下，這時熱舞社的人正好要收工回家。

「阿雅人呢？」

「她剛剛說要去洗手間。」

「那她怎麼不去一樓的？」

「我也不知道，我問她也不回答。」

聽到這邊我心頭一凜，也顧不上掩藏動靜，急忙再度衝進大樓，就在這時文青的訊息剛好傳來。

「那是縊鬼，也就是吊死鬼，要抓交替才能投胎，我明天趕快過去處理，能離多遠就離多遠。」

我暗罵了一聲，心中祈禱著不要出事，跑到四樓時卻發現廁所的電燈是打開的，我衝進去就看到其中一間隔間伸出一條繩子綁在正上方的電燈，此時繩子繃得緊緊，彷彿下方懸掛著什麼重物一般。

我用盡了吃奶的力氣把隔間門給踹開，就看到那名叫阿雅的女孩子正吊在半空中，繩子則死死的套在她的脖子上；此時的她雙手垂下已經失去了意識，充滿血絲的雙眼跟垂落的舌頭就跟剛剛那名縊鬼一樣。

我站到她下方用肩膀撐住她的雙腳，試著先讓她的頸部不再受到壓迫。就在我正思考該怎麼把她放下來的時候，廁所的電燈開始閃爍。

趴搭、趴搭、趴搭。

一陣緩慢的腳步聲傳來，隨之而來的是驟降的氣溫及濃厚的腐爛味。

縊鬼來了。

腳步聲從門口緩緩的接近，雖然在隔間內看不到門口的狀況，我也知道對方現在肯定很火大。我趕快摸出手機就要撥給文青喊救命，但手機非常套路的沒了訊號，中華電信到底什麼時候要幫基地台作法？每次這種生死關頭都沒訊號！

我只好把藏在手機殼後的護身符拿出來，準備等對方一冒頭就丟過去，雖然不知道有沒有用，不過總比等死好。

趴搭、趴搭、趴搭。

腳步聲越來越近，我吞了口口水，握著護身符的手正顫抖著，就在她探出頭的時候立刻丟出了護身符；符咒接觸到縊鬼的那一刻，一團火焰從她身上燃起，然後是一陣撕心裂肺的尖叫聲。

水啦文青！效果拔群！

縊鬼此時也失去了對小雅的掌控，綁著她的繩子立刻鬆綁，我抱著她準備衝出廁所，但還沒跑兩步，一股濕冷緊緊纏住了我的脖子把我拖倒在地，對方身上的火焰已經熄滅，剛剛的護身符變成灰燼飄散在空氣中。

縊鬼一臉憤怒地看著我，手上的紅繩緊緊地綑在我的脖子上，強烈的窒息感讓我整張臉脹紅起來。我抓著脖子上的繩子試圖減輕力道，慢慢的意識越來越模糊，我手上的力道卻還是沒有減弱。開玩笑，我還沒娶老婆怎麼能死在這！

就在我跟對方僵持住的時候，一道長黑影從廁所的對外窗衝了進來，把對方死死的綁住。那是一條兩人寬的黑蛇，腥紅的眼睛透露著滿滿的怒氣。

「大膽狂徒敢動我娘子！」黑蛇吼道，張開血盆一口咬下，瞬間就把縊鬼吞進了肚子裡。同時綑在我脖子上的繩子也鬆了開來，我趕緊抓住小雅護在懷裡。

這小雅也是苦命人，一天之內惹到了縊鬼跟蛇妖，看來大家都有點故事。

「娘子我棒不棒？娘子？娘子你怎麼不看我？娘子？我知道上次是我太衝動了，所以這次只敢偷偷跟著你。」

人家都昏了怎麼看你，真是條笨蛇。

「娘子你抱著的那女人是誰？這就是你們人類說的外遇？我知道喔，我下山前看過犀利人妻的，但沒關係我很開明的娘子。」

「別喊我娘子了！我不是你娘子！」我吼道，當那蛇衝進來的那一刻我就大概知道他是誰了，只是很不想承認。

「你是蛇郎君對吧，我明明就已經寫分手信給你了，別再來纏著我了！」

「我不識字啊。」蛇郎君瞇著眼睛笑著回道：「你還肯叫我一聲郎君，真好。」

我正想繼續罵他幾句時卻發現蛇郎君的狀態不太對，陣陣黑氣正在從他的口中散出，隱約是腹部的位置慢慢的滲出鮮血。

「娘子，這傢伙怨氣太重了，我有點壓不住，你先走吧！」蛇郎君笑道。

「別鬧了，快吐出來！」我喊道。

但蛇郎君沒有照做，長長的蛇身盤了起來，就像一座小山一般。

「喂！蛇郎君！阿蛇！快吐出來！」我著急地衝上前試圖扳開他的嘴巴，他卻把我頂開，我跌倒在地，他的頭再次湊了過來，細長的蛇信在我臉上撫了過去。

「希望能再見，娘子。」蛇郎君說完蛇尾一掃而過，把我和小雅掃出了廁所，接著一陣刺眼的白光從他身上發出，當我張開眼之後蛇郎君跟縊鬼都消失了，只剩下斷垣殘壁。我走進廁所內，只看到一條巴掌大的黑色蛇蛻靜靜的躺在地上，臉頰的冰涼黏膩提醒著我剛剛的一切。

「笨蛋。」我輕聲罵了一聲，撿起了蛇蛻收進口袋，便回過頭確認小雅的狀況，檢查了一下確定活著。

我還沉浸在悲傷中的時候，一道尖叫聲從我背後傳來，那是熱舞社的人覺得小雅去太久上來找人了，接著就看到我抱著昏迷的小雅，而她因為剛剛的激戰有些衣衫不整。好，跳到黃河都洗不清了。

過了幾天小雅清醒後幫我作證才讓我從警局被放出來，警察杯杯那時的表情一臉不敢置信，好像我是犯人是天經地義的事情，我的小心靈真的受傷了。

小雅對於我救了她這件事跟我道了謝，她說她也不知道為什麼，那天整個人都渾渾噩噩的，好像身體不是自己的一樣，連繩子都是突然出現的。

我問她有沒有考慮以身相許，她走回警局櫃台報案，我又被扣了兩天。

從警局出來後我帶著阿蛇的蛇蛻回去文青的廟，廟裡有一塊地方專門供養流浪神明，我想把阿蛇供在那，算是一點補償。

一跨進廟裡就看到文青忙得焦頭爛額的樣子，我想起來今天是農曆十五，來廟裡的人會比較多。

「早就叫你要多請點人，記得給我薪水。」我熟練地坐到櫃台開始幫忙。

「放心吧，有找人了。」文青笑道。

接著我看到一名高瘦男子從倉庫搬了一大疊金紙出來，立體的五官跟勻稱的身材，乍看之下還以為是模特。

「啊，娘子！」蛇郎君燦笑喊道。

我鐵青著臉看向文青沉聲說道：「解釋一下。」

文青憋笑道：「這、這不是前幾天看到他奄奄一息的倒在路邊撿回來的嘛，我當下就想這一定很有趣……我是說，上天有好生之德，能幫就幫，就幫他治療一下，然後留他在廟裡幫忙。」

「是的娘子，要不是有大舅子我恐怕要多躺一個月。」蛇郎君點頭道：「以後我們能常常見面了。」

我面無表情的看向文青，後者正拍桌大笑著。

這堂哥真的不能要了，今天我一定要拿刀砍死他。

「縊死或絞死的人的幽魂是吊頭鬼，走路時頭俯前。」——日・片岡巖《臺灣風俗誌》

「自縊而亡者，大怨，亡亦受繩所吊。憤怨不解，奈河不過，乃尋人替死，何其哀哉。」——《臺妖異談》

32 縊鬼

國家圖書館出版品預行編目(CIP)資料

臺妖異談：妖約無期/Walker沃克作. --
初版. -- 臺北市：臺灣東販股份有限公司,
2025.08
288面；14.7×21公分

ISBN 978-626-437-014-1（平裝）

863.57　　114008474

臺妖異談 妖約無期

2025年08月01日初版第一刷發行

著　　者　Walker沃克
編　　輯　鄧琪潔
封面插畫　Mr.marker 麥克筆先生
內頁設計　林佩儀
發 行 人　若森稔雄
發 行 所　台灣東販股份有限公司
　　　　　＜地址＞台北市南京東路4段130號2F-1
　　　　　＜電話＞(02)2577-8878
　　　　　＜傳真＞(02)2577-8896
　　　　　＜網址＞https://www.tohan.com.tw
郵撥帳號　1405049-4
法律顧問　蕭雄淋律師
總 經 銷　聯合發行股份有限公司
　　　　　＜電話＞(02)2917-8022